# ORIGINE

# DELLE

# FESTE VENEZIANE

## VOL. III

## GIUSTINA RENIER MICHIEL

Festa del Venerdì Santo.

Nella descrizione delle Feste Veneziane entrar non vi dovrebbero quelle la cui origine è tutta cattolica e propria di tutti i popoli in una medesima religione; ma spero di ottener indulgenza presso i miei benevoli Lettori, se fra le sacre solennità trovandone alcune che in sè abbiano qualche circostanza risguardante in particolare la Veneta Repubblica, io anche di queste a parlar m'accinga. Una fra esse è certamente quella del Venerdì Santo; anzi se si dee confessare il vero dalla descrizione delle cerimonie praticate in Venezia in quel pietoso giorno, doveva la mia opera incominciare. Nulla infatti poteva esservi di più antico in queste lagune, che la celebrazione di un giorno di così antica e di così venerabile ricordanza. All'epoca dell'irruzione de' Barbari in Italia, il Sacerdozio, imitando la nobiltà, e tutti quelli che avevano molto a perdere, fuggì dal continente trasportando seco il prezioso tesoro delle Sante Reliquie. Accompagnato esso dalla parte più fedele del Popolo, scelse ad asilo queste lagune, e vi stabilì i riti della Chiesa Romana, madre e maestra di tutte le altre chiese. Non è quindi a dubitare essersi ben tosto veduta anche in Venezia quella commovente Processione del Venerdì Santo, che nella sua origine Apostolica venne ad esprimere un divoto accompagnamento del Corpo del nostro Signore verso il Sepolcro, ed insieme si giudicò un mezzo atto a richiamare alla mente de' Fedeli i patimenti e la morte di Gesù Cristo, e ad inspirare sempre più ne' cuori la pietà e la riconoscenza verso di lui, che fu nostro divin Salvatore. Dal suo principio in poi fu inalterabile in Venezia l'annua rinnovazione di sì edificante spettacolo; solo vi si aggiunse la pompa e la magnificenza in proporzione dell'aumento di lustro e della crescente ricchezza della Repubblica.

Due ore dopo terza scendeva il Doge dal suo palazzo colla Signorìa, il Collegio, il Senato e le principali Magistrature nella Chiesa di san Manco. Ivi dopo la celebrazione della Messa, il canto degli Inni dolenti e l'altre usate cerimonie, esponevasi a pie' dell'altare, la Croce alla comune adorazione. Il celebrante era il primo; a questo seguiva il Primicerio, e terzo era il Doge, che inginocchiavasi umilmente innanzi a quel Sacrosanto Legno, simbolo del grande di tutti i misteri, e monumento d'un sacrifizio, che importò nulla meno che la felicità del genere umano. Nell'eseguire un atto di tanta religione, il Principe spogliava l'aureo manto, e deponeva il Serto Ducale per rendersi in certo modo eguale a tutti quei della comitiva, che dopo lui in bell'ordine si accostavano a prestare divotamente il medesimo omaggio. Nel dopo pranzo col metodo stesso della mattina e collo stesso seguito se ne tornava il Doge alla Chiesa per udire la Predica della Passione, che per consuetudine recitavasi da qualche valente Cappuccino. Intanto allestivasi la Processione. Cominciava questa dalle sei Confraternite, ricchissime di ogni genere di arredi d'oro e d'argento, ed abbondantissime di torcie. Ogni confratello portava inoltre la sua candela accesa in mano. Alle Confraternite succedevano i Canonici di san Marco; indi un gran numero di penitenti vestiti di una cappa nera che li copriva da capo a piedi, e ognuno di essi portata un cereo dipinto e dorato, ma di sì enorme peso da stancar le braccia più robuste. Que' buoni devoti sostenevano questa pia fatica senza venir da chicchessia riconosciuti, sicchè l'ostentazione e l'ipocrisia non potevano avere parte in tale spontanea penitenza. Due Sacerdoti titolati scortavano la santa Bara del Signore. Seguivanla il Patriarca ed il Primicerio in mezzo a' suoi Canonici. I Segretarj e gli Scudieri precedevano il Doge e la Signorìa; indi i Patrizj in toga, poscia tutti i cittadini ed artigiani della Parrocchia di san Marco. Sotto uno degli archi del palazzo Ducale stava pronto un baldacchino nero sostenuto da sei sottocanonici. Allorchè la Bara col sacro Corpo del Signore in Sacramento era uscita dalla Chiesa, veniva accolta con gran riverenza sotto il baldacchino. In tal modo la Processione faceva il suo giro uscendo dal palazzo per la porta di fianco riguardante la Piazzetta, e rientrando in chiesa per la porta del lato destro in faccia la picciola Chiesa di san Basso. Nel passar della Bara dirimpetto alla porta maggiore, tutta la processione fermavasi, ed ognuno, perfino il Doge, inginocchiavasi in segno di adorazione. Rientrata in Chiesa col medesimo ordine con cui era uscita, tutti riprendevano il loro posto. La grande Confraternita di san Marco, come pure il Clero, facevano spalliera intorno al santo Sepolcro. Ed allorchè la Bara era giunta nel Coro, levato con riverenza il Corpo del Signore in Eucaristia, posavasi sopra alcuni preparati cuscini. Monsignor Patriarca lo ritoglieva poscia per dar la Benedizione, ch'era da tutti ricevuta colla maggior divozione. Si deponeva allora nel Sepolcro il Corpo del Signore, ed il Gran Cancelliere, ricevuto dal Doge il sigillo ducale, lo presentava al Patriarca, acciò chiudesse la piccola porta della sepoltura, e v'imprimesse sopra lo stemma della Repubblica. Dopo di che il sigillo ducale colla stessa formalità era restituito al Doge, il quale, ciò fatto, partivasi col suo augusto corteggio, e partivano pure le Confraternite, rimanendo solo il Clero a salmeggiare per alcun tempo ancora; e così la funzione avea fine nella Basilica di san Marco.

Ma non con ciò finiva la solennità di questo giorno. Ad imitazione della maggiore, tutte le altre Chiese Parrocchiali della Città ripetevano gli stessi riti e la stessa processione sulle prime ore notturne, facendo il giro tra i confini della propria giurisdizione. E grande n'era l'accompagnamento, composto, oltre al Clero, di tutti i patrizj, di tutti i cittadini, mercanti e artigiani abitatori delle rispettive parrocchie, portanti ciascuno una grossa candela accesa in mano. A rendere più dignitoso le spettacolo, precedevano il sacramento con torcie calate, i domestici e gondolieri de' patrizj più facoltosi colle loro divise in gala. Grande era lo sfarzo de' fanali dorati, de' candelabri d'argento e de' cerei. Le finestre, le ringhiere e porte di tutte le case, dinanzi a cui le processioni passavano, qual più qual meno ardevano di torcie, di candele, di faci. Puossi dire che cominciando dalla gran Piazza di san Marco, non vi fosse contrada un po' nobile della Città, che non mandasse splendore; talchè chi si fosse posto sull'alto d'una delle nostre torri a riguardare in giù, avrebbe potuto credere che Venezia tutta andasse in fiamme.

Certo non sarebbesi alcuno immaginato, che una cerimonia per cui si conservava e aumentavasi un pio fervore verso Dio ed i suoi Misterj, per cui si esercitava la fede, fortificavasi la Religione, e si distinguevano i cristiani dagl'infedeli, i cattolici dagli eretici, dovesse venire abolita dopo una sì lunga successione di secoli. Pure ciò vedemmo accadere l'anno 1797, sia per amore d'innovazione, sia per odio di tutto ciò che teneva dell'antico. Non mancarono però speciosi pretesti per giustificare l'irreligioso decreto. Si mostrò temere non la militar licenza Francese, abbattendosi in quelle processioni, commettesse qualche irreverenza; si allegò che crescendo ognor più la depravazione de' costumi, potevano i giovani d'ambi i sessi abusare della sacra solennità, trasferendosi nelle chiese e per le vie più per dar pascolo a' loro profani capricci, che per ispirito di religione; ed infine si aggiunse, che il cangiamento ultimamente successo nelle ricchezze sì pubbliche, che private, rendeva impossibile il conservare l'antico splendore delle decorazioni. Obbiezioni tutte da potersi sciorre assai presto: giacchè primieramente era facile l'evitare ogni scandalo per conto della soldatesca, ricorrendo agli Ufficiali e Comandanti ragionevoli, civili ed attissimi a porre freno alla soverchia licenza de' loro subalterni; oltrecchè potevansi eseguire le cerimonie dentro le mura delle rispettive Chiese, che sono tutte abbastanza capaci per contenere una processione. In secondo luogo chi v'è che ignori, che in una gran popolazione vi sono sempre le stesse passioni in movimento, che in ogni occasione sia sacra o profana, i due sessi si cercano sempre l'un l'altro, senza punto considerare alla causa che procaccia ad essi questa felice opportunità? Ciò fu in tutti i tempi, e ciò sarà in tutti i secoli. Il terzo pretesto non è meno insussistente degli altri due. I Veneziani tuttochè sappiano, che la vera pietà non consiste nel lusso, pure col decorare pomposamente le loro funzioni intesero sempre di rendere un grato omaggio alla Divinità, e questo pio instituto l'ebbero, finchè il comportò la generale opulenza dello Stato, nè il perdettero affatto in appresso ad onta delle cangiate fortune; e li veggiamo tutto dì concorrere con grande spesa a dare musiche eccellenti, illuminazioni superbe, ed a riccamente ornare a festa le Chiese delle loro parrocchie, quando intervenga alcuna di quelle funzioni, che non vennero loro dalla scrupolosità dei superiori proibita. Quali sforzi dunque non avrebbero essi fatto per conservar lo splendore ai riti di questo giorno? Riti che oltre il grand'oggetto della Religione, soddisfacevano a tutti i cuori, erano di decoro alla città, attiravano i forestieri in folla, facevano circolare grandissime somme di danaro, e procacciavano il pane ad una gran quantità di persone. Quest'è uno de' giorni in cui il buon Popolo Veneto al suo annuo ritorno, richiamasi vivamente e tristamente al pensiero la fatal catastrofe del suo paese, del suo governo. Non più Chiese aperte la sera, non più processioni, non più case, nè palagi illuminati, non più Piazza di san Marco risplendente. Che se taluno per antica abitudine esce ancora e va errando per le vie in quella melanconica notte, il fa con quella medesima ansietà della Maddalena cercando da per tutto il Corpo del suo Signore, del quale non trovò in veruna parte indizio alcuno per adorarlo, se non che nel suo proprio cuore.

Festa di Santa Caterina.

Il Codice delle Leggi Venete sarebbe un'opera importantissima ed utilissima a conoscersi, massime per quelli che imprendono di scrivere sopra qualche punto spettante a questa illustre Repubblica: ma sciagura vuole, che tale opera non si trovi a perfezione ridotta, nè in istampa, nè manoscritta per la somma difficoltà della sua compilazione. Gli altri popoli che hanno scosso il giogo della tirannia, convinti della loro inesperienza nell'arte di governare, e insieme paurosi de' mali dell'anarchia, si sommisero o presto o tardi a colui, che spiegava tra loro uno spirito superiore a tutti gli altri uomini. Le sue leggi furono accolte come oracoli, obbedite senz'altri esami e trascritte con esattezza. Ma la cosa andò altrimenti a Venezia, e l'origine della nostra costituzione fa diametralmente opposta a quella di che parlammo. Gli antichi abitanti di queste lagune, che furono i fondatori della libertà comune, non erano già persone volgari, nè agitate da turbolenze civili; erano uomini bennati e ricchi, che sfuggiti dagli orrori della guerra e delle persecuzioni, vennero qua a ripararsi, contenti assai di non dover obbedire ad alcun individuo privato. Allorchè la Sede Ducale si trasferì a Rialto, e le famiglie sparse per le isole si unirono di unanime consenso in un solo luogo per deliberare intorno al modo di piantare una Costituzione repubblicana, avvenne che intra una proposizione e l'altra corse un intervallo di tempo, affine di ponderarle meglio e riconoscere col fatto l'utilità. Quindi di volta in volta si registravano le deliberazioni adottate, che da quel punto prendevano forza di leggi, ma non sempre venivano scritte, o almeno non sempre con ordine e precisione. Talvolta erano mal ricordate o mal dettate; talvolta si registravano bensì, ma in appresso venivano abolite. Aggiungasi in tanti incendii accaduti, lo smarrimento delle Cronache, e ognuno conoscerà essere impossibile il trovare nella Repubblica Veneta un corpo di Leggi perfetto, come puossi di leggieri trovare in una monarchia, allorachè fermisi l'attenzione sopra i suoi primi Legislatori. Pure il Maggior Consiglio cercò di ottenerlo, e a tal fine instituì in varie epoche alcuni Magistrati, la cui cura fosse il classificare tutte le leggi, registrando le nuove, e riordinando le antiche, ma un pieno effetto non si potè ottener giammai. Ecco una delle gravi difficoltà, che si presentano a chi vuole scrivere intorno alla Storia Veneta. Ma una ancor maggiore ve n'ha, o forse più dura a superarsi; vo' dire di vincere le opinioni o a dir meglio le prevenzioni generalmente ricevute. La critica più scrupolosa e più studiosamente esercitata, mal potrebbe porsi in salvo contro gli attacchi di oppositori ostinati, o di maligni detrattori sino ne' fatti colla maggior ragionevolezza provati. A simili disastri devo attendermi che vada incontro la festa, che ora sto per dettare. O quanti e quanti non potranno udir senza sorpresa, anzi senza qualche mormorazione contro l'autrice, che non vi fu mai una Serrata del Maggior Consiglio, quale comunemente si crede, che ascrivesi al Doge Pietro Gradenigo nell'anno 1297, e in conseguenza la festa di santa Caterina ordinata per Decreto da questo medesimo Doge, non aver avuto quell'origine, che pur varj scrittori le diedero. Tuttavia io prego i miei Lettori a seguirmi passo passo sì in questa che nella susseguente festa, benchè alcuni ragguagli possano riuscire un po' nojosi, ma che pur sono necessarj per condurli là dove possono il vero conoscere.

Parlammo altrove dei principj della Repubblica Veneta, del suo aumento, de' suoi cangiamenti governativi, e del suo ritorno, da poche modificazioni in fuori, al governo de' Dogi. Non sarebbe forse inutile il rimontar di nuovo ai secoli primi per procurar di conoscere l'epoca, in cui la Città fu divisa in sei parti dette Sestieri, e quella in cui i Tribuni presero il nome di Elettori, e quella in cui fu instituito il corpo della Quarantia, e finalmente quella in cui all'Assemblea Nazionale venne sostituito il Maggior Consiglio. Ma si lasci ai Cronisti il disputar fra loro intorno a quest'epoche incerte, e arrestiamoci ad esaminare i punti più decisivi per la questione presente.

Diasi prima un'occhiata a quell'Assemblea Nazionale, che d'ordinario si crede composta indistintamente da tutti gli abitanti delle Isole. Non v'ha Cronaca, che non convenga nel dire, che esse si tenevano nelle Chiese; prima in quella di Eraclea, poi a Malamocco, e da ultimo nella Chiesa di san Marco a Venezia. Ma come mai queste Chiese, che ne' primitivi secoli non erano sì vaste quanto il furono da poi, avrebbero potuto contenere un sì gran numero di persone? Esse ben potevano accogliere un'adunanza di Cittadini Tribunizj, de' Tribuni attuali, di uomini i più illuminati e accreditati delle isole, e del Clero il più rispettabile; e quest'Assemblea poteva benissimo meritar il titolo di Nazionale. Secondariamente non è credibile, che gente senza educazione, senza principj avesse voluto aver parte nelle cose di governo. Que' che sono più di noi prossimi alla natura, hanno una coscienza più eloquente della nostra, ed essendo meno accecati dall'amor proprio, essa fa che sentano meglio i proprj interessi, coll'affidare ai saggi e agl'istrutti le più delicate faccende, anzi che ostinarsi e dirigerle da per loro. Dall'altro canto uomini che avevano abbandonato la patria per salvarsi nelle lagune, nemici giurati della tirannia, e ansiosi del loro ben essere, dovettero pensare non esservi cosa più opportuna per mantenerselo, quanto il cercar co' loro lumi e colla loro sana condotta di entrare alla testa degli affari, vo' dir del Governo. Ed ecco come mercè un concerto comune ancor che tacito, si venne a dar forma ad un'Assemblea, non già popolare, ma giudiziosamente scelta. Il popolo per altro avea diritto di nominare il Doge, di sancire od approvare colla voce gli eletti a quest'Assemblea, ed anche gli affari proposti; poteva inoltre proporne di nuovi. Ma a que' tempi i Dogi avevano una grande autorità; dipendeva da loro il convocare l'Assemblea, e spesso spesso deliberavano da per loro sugli affari i più gravi dello Stato; quando nel 1032 il Doge Domenico Flabanico concepì un'idea della più fina politica, e di somma utilità alla Repubblica. Questa si fu di non voler più deliberare da sè solo di cosa alcuna risguardante lo Stato, senza il consiglio de' più saggi ed assennati cittadini. Da quel momento, come sempre anche dopo, fece egli pregare sessanta di que' zelanti cittadini d'intervenire a dare il lor parere sul partito da prendersi nelle pubbliche vicende, e nelle importanti urgenze che andavano di giorno in giorno succedendo. Un sì nobile fervore repubblicano piacque a tutti indistintamente; quindi con maggior facilità vennero approvate tutte le deliberazioni del Doge emanate col consiglio di que' cittadini. Di qua nacque quel gravissimo e sapientissimo corpo del Senato, che sin d'allora fu denominato de' Pregadi, e che venne poscia organizzato per modo che si può dire, che ai profondi riflessi, alla mirabile eloquenza di que' saggi la Repubblica nostra dovette i sommi progressi della sua grandezza. Ma per questo nuovo corpo composto di patrizj e di nobili l'Assemblea Nazionale venne molto a perdere, com'è ben naturale, della sua autorità, e la costituzione della Repubblica si fè vieppiù Aristocratica. Ed ancor più inclinò manifestamente verso di questa, allorchè nel 1172 sulle proposizioni della Quarantia si decretò di sostituire all'Assemblea Nazionale un Gran Consiglio composto di circa 450 o 500 nobili, i quali uniti in corpo avessero il potere sì deliberativo, che amministrativo. Per consolidare quest'istituzione, la quale dava più forza e più perfezione di forma al Governo, vi si aggiunsero alcune altre leggi, delle quali la principale fu, che le funzioni di questo corpo non durassero che un anno, e che nel giorno di san Michele si dovessero sempre rinnovellare. La scelta de' cittadini che avevano a .comporlo appartcncva ai capi de' Sestieri, chiamati Elettori, ai quali, se fosse piaciuto di conservar in carica quelli che si trovavano; venivano confermati per un secondo e per più altri ancora. Ho detto, che questo Gran Consiglio fu composto di nobili; e non è a dubitare che così non fosse. In primo luogo il piccolo numero, di cui questo Corpo fu composto, porta a credere, che abbiasi voluto scegliere i cittadini più rispettabili, i più conosciuti, il fiore infine della nobiltà. Di fatti in tutti i Registri anche di quelli anteriori a quest'epoca, il Vir Nobilis precede sempre il nome della persona eletta, sia alle prime dignità dello Stato, sia alle cariche di mare, sia alla formazione del Gran Consiglio; di modo che anche a que' dì come a' giorni nostri dicevasi comunemente, che i nobili formano il Gran Consiglio, ed il Gran Consiglio forma i Nobili Veneziani. Puossi anche aggiungere un'osservazione. Se il Gran Consiglio avesse accolto un miscuglio di Classi, come non avrebbero anche i Plebei, membri anch'essi di questo Corpo, fatti tutti gli sforzi per far eleggere talvolta alcuni di quelli pure del loro ordine alle primarie dignità della Repubblica? È certo che per tal modo avrebbero potuto illustrare i loro nomi, ed avere una parte immediata al Governo. Che se ciò non avvenne mai; se i soli nobili furono i trascelti; come mai questi hanno sempre potuto prevalere? Ciò fu perchè ad essi soli appartenevano le scelte, ed ogni uomo ama, apprezza e sostiene quelli della sua condizione. Nei nobili risiede d'ordinario la maggior cultura figlia della educazione, e quindi la maggior influenza attiva. Di rado in qual siasi comunità la plebe ardisce pretendere alle primarie cariche civili e militari, giudicare de' gravi affari dello Stato; che se pur osasse aspirarvi, assai difficilmente può riuscire. Non è però che tratto tratto alcuni ambiziosi Cittadini non suscitassero e pretese e rivalità; di queste ne abbiamo già vedute anche in passato; ora ne vedremo di nuove.

La celebre conquista di Costantinopoli fatta dal Doge Enrico Dandolo, porse alla Nazione il modo di posseder Candia ed altre Isole, e fece estendere il suo commercio non solo in Siria ed in Egitto, ma, per così dire, in tutto il mondo allora cognito. Essa sommamente contribuì a far valere il primato di Venezia sopra l'Adriatico. Egli è vero che da quasi due secoli se ne chiamava sovrana; ma però allora ardì mostrarsi alla scoperta e senza riserba; poichè altri non suole mai sfoggiare i proprj diritti, se non quando può proteggerli colla forza. La Repubblica pose in mare una flotta, ed al comandante diè il titolo di Capitano del Golfo per costringere i naviganti forestieri a pagare un tributo, e a dirigere le corse in utile de' Veneziani. Immenso in fatti fu il profitto che quinci ne venne. La massa de' Capitali si accrebbe, la popolazione s'ingrandì per molte famiglie forestiere qua venute; le dovizie più profuse trassero seco il lusso, ed insieme tutte quelle arti e manifatture che servono a nodrirlo, ed anche a diffonderlo altrove. Di qua nacque una sempre maggior alterigia nelle teste degli ambiziosi. Chiunque era ricco cominciò ad aspirare alle dignità dello Stato, a voler entrare nel Maggior Consiglio, ed a corrompere i voti degli Elettori. Questi o sedotti da vile interesse, o lusingati dalla mira di farsi molti aderenti in grazia de' quali potessero alla lor volta ottenere le cariche le più distinte, li ammettevano, quantunque non avessero prodotto alcun titolo di servigi resi allo Stato, nè date prove delle loro virtù, nè nobilitate le loro fortune col corredo de' buoni costumi. D'altra parte molti nobili antichi, fatti forti nella loro nascita, pretendevano per questa sola, ancorchè per nulla benemeriti della Patria, di conservare la loro autorità, e di esser essi soli ammessi al gran Consiglio. Quindi gl'intrighi, i maneggi, gli artificj adoperati a tale oggetto divennero sorgente di civili discordie. E come il numero degli esclusi esser dovea molto superiore di quello degli eletti, così accrescendosi la massa de' malcontenti, fatta questa più ardita e più insolente, coglieva ogni occasione per tumultuare ed inquietare. Se per esempio un Generale d'armata ritornava, anche senza sua colpa, con avverso successo dalla guerra, egli veniva accolto con fischiate, e poco men che con sassate. Un Doge stesso fu per prodigio salvato da un'insurrezione, essendo stato costretto di proporre doppia imposta di macina, onde supplire alle grandiose spese delle guerre che si succedevano. Queste violenze, questi disordini crebbero a tale, che sotto il Ducato di Giovanni Dandolo fu stabilito d'introdurre qualche nuova riforma nelle Elezioni. In fatti i tre Capi della Quarantia, Corpo che conservava ancora, dopo il gran Consiglio, la maggior autorità, proposero nel 1286 la legge, che niun Cittadino potesse venir eletto membro d'alcun Consiglio, o Collegio, o Magistrato, s'egli non era entrato una volta nel gran Consiglio, o almeno il di lui padre, o il suo fratello primogenito. Anche questa legge, con altre ancora proposte, dava la causa vinta alla nobiltà. Ma il Doge Dandolo ricusò di approvarle, il che era ben naturale; poichè egli era stato uno de' principali Capi del partito Popolare contro l'Aristocratico in alcune precedenti sommosse assai gravi, che però dalla prudenza del Governo vennero a tempo sedate. Ma il di lui rifiuto non tolse, che dopo dieci giorni non se ne proponessero alcune altre a un dipresso eguali, e che il Doge Dandolo parimente negò di sancire, adducendo per iscusa il pericolo, che si correva in far cambiamenti alla Costituzione, quando i nemici esterni arrecavano tali molestie da meritar che il Governo rivolgesse ad essi tutta la sua attenzione. Prevalse il parere di lui, e, durante il suo Ducato, nulla si alterò; quindi gli stessi vizj continuarono a fruttar sempre gli stessi disordini. Potrebbesi anche dire che il rifiutarsi ai regolamenti proposti, fu quasi un dar coraggio al Popolo di arrogare a sè l'elezione del Doge novello, di riprendere i suoi diritti, e proclamando il Doge Jacopo Tiepolo, di voler sostenere la validità di tal elezione. Il gran Consiglio temendo che da questo principio di fermento ne venisse un incendio generale, prese la via della dolcezza. Ma più di tutti si trovò imbrogliato il Tiepolo. Egli non poteva accettare la dignità senz'attirarsi addosso l'odio e la vendetta del Maggior Consiglio, nè poteva rifiutare il Ducato senza esporsi al risentimento ed al furor del Popolo. In questa dubbiezza egli credette miglior partito l'allontanarsi da Venezia per attendere nel luogo del suo ritiro l'evento; ma con ciò venne a confermare quella gran verità, che chi abbandona il Popolo, n'è ben tosto abbandonato, sebben fosse il suo prediletto, il suo idolo. Convien che la presenza riscaldi il suo cuore, alimenti il suo affetto; se la persona sen parte, essa è subito dimenticata del tutto. Ciò appunto avvenne. Il Popolo, cercato invano Jacopo Tiepolo per porlo nel Seggio Ducale, e non trovatolo, con tanta debolezza rinunziò al suo disegno, con quanto entusiasmo l'aveva eletto. Così il Gran Consiglio veggendosi sciolto da ogni paura, venne all'elezione del Doge. Il Tiepolo è ben ragionevole che ne fosse escluso appunto perch'era stato eletto dal Popolo. La scelta dunque cadde su Pietro Gradenigo, uomo di spinto fermo, di carattere risoluto, e grande partigiano della nobiltà. Nè per ciò è da menar gran rumore, mentre chi ama scorrere le storie di tutte le Nazioni, trova, che i Popoli più morigerati, più semplici e più virtuosi sono quelli che mostrano dare maggior peso ai pregi della nascita. I patrizj Romani, ed i Baroni Svizzeri fecero sempre più stima della loro nobiltà che dell'oro. Essa merita in vero gran rispetto, qualora non sia incentivo all'orgoglio misto ad una crassa ignoranza. La distinzione dei natali deve ajutare lo sviluppo di un catattere nobile, là dove un'origine vile può soffocarlo nello stesso suo germe. La più nocevole distinzione è quella che non ha altra base che le ricchezze. Il Gradenigo si diede dunque in prima a notare gli sconcerti civili, ed il pessimo andamento delle cose, prodotto dall'essersi introdotte nel Governo persone non d'altro merito fornite che di ricchezze, senza punto d'altezza di animo, senza meriti verso la Patria, e senza cognizioni di affari. Egli pertanto si assunse di cercar il mezzo di riformar gli abusi, e di dare al Corpo Sovrano della Nazione tutta quella perfezione, a cui un governo di uomini puole aspirare. Sagace com'era, conobbe la necessità di ogni Governo di alterarne la forma, o anche cangiarla a norma non solo delle differenti circostanze interne, ma del mutarsi i costumi, le passioni, i sistemi degli altri popoli, che colla comunicazione tanto influiscono sul generale, da alterare per fino ogni carattere nazionale, e gli usi più inveterati. Questo sistema di regolazione fu quello appunto osservato dai nostri Padri, pur troppo da noi negletto. Allorchè questa popolazione docile in sul principio e tranquilla, che i Tribuni quali Capi di famiglia reggevano, divenne audace ed orgogliosa, si venne ad un Governo Repubblicano coll'elezione di un Duca o Doge. Quando i Dogi vollero abusare della loro autorità, o il Popolo temendo troppo la perdita della sua indipendenza commise su loro tante atrocità, fu creduto opportuno di venire nel 1173 alla regolazione del Maggior Consiglio, onde tenere in bilancia l'autorità del Doge colla popolare. Ma poscia neppur questa bastata essendo per impedire i disordini, il Doge Pietro Gradenigo trovò utilissimo il cominciar a dare nuove forme e nuovo metodo per le elezioni del gran Consiglio, mercè le quali fosse chiusa a quelli che non avevano diritto, e venissero espulsi gl'intrusi, il cui numero era infinito. Comunicò egli questo pensiere ai Capi de' Quaranta, i quali non fecero che ripetere que' medesimi rimedi, ch'erano stati resi vani dal Doge Dandolo, e da' suoi aderenti; quindi proposero quella famosa Legge, della quale vuolsi a torto essere stato autore il Gradenigo, mentre egli non fu che consenziente, come il Maggior Consiglio fu il confermatore. Ecco la Legge, ch'io qui riporto tradotta alla lettera dal Latino, quale si legge nel libro Pilosus dell'Avvogarìa del Comun alla pag. 67. Credo neccessario riferirla per intero, affinchè i miei Lettori possano penetrarne lo spirito, e confrontandola con tutto ciò che nel proposito fu detto e scritto, riconoscere la verità.

"1296 More Veneto ultimo di febbrajo nel Maggior Consiglio."

"Fu presa parte che la elezione del Maggior Consiglio, la quale d'ora innanzi si farà sino a S. Michel, ed in seguito per un anno, si faccia in questo modo:

Che tutti quelli i quali furono del Maggior Consiglio da quattr'anni in poi, si presentino ai Quaranta ad uno ad uno, e qualunque avrà avuto dodici Ballotte e di più, sia del Maggior Consiglio sino alla festa di S. Michele, e dalla festa di S. Michele sino ad un anno, approvandosi ad uno ad uno nella detta festa di S. Michele in questo modo:

E se alcuno lasciasse il Consiglio per andare fuori della Città, quando ritornerà, possa ricercare ai Capi di Quaranta, quali pongano parte tra i Quaranta, se sembri ch'egli possa essere del Maggior Consiglio o no: ed i Capi di Quaranta siano obbligati a porre questa parte; e se avrà dodici Ballotte e di più sia del Maggior Consiglio.

Ed inoltre si eleggono tre Elettori, i quali possono eleggere degli altri, che non fossero stati del Maggior Consiglio, secondo che dal Serenissimo Doge e dal suo Consiglio sarà loro ingiunto, e che quelli ch'essi avranno eletti, e si pongono ai voti tra i Quaranta ad uno ad uno, e chiunque avrà dodici Ballotte e di più sia del Maggior Consiglio.

E i predetti tre Elettori siano del Maggior Consiglio sino alla festa di S. Michele, ed altri tre che sceglieranno nella festa di S. Michele debbano essere per un anno, e siano del Maggior Consiglio.

E queste cose non possano essere rivocate se non dai cinque Consiglieri, e da venticinque de' Quaranta, e da due parti del Maggior Consiglio, ed in capo all'anno quindici giorni avanti si pongano al Maggior Consiglio, se paja che questa Parte debba ancora durare o no, e come sarà stato preso nel Maggior Consiglio così debba essere osservato.

E sia ingiunto nel Capitolare de' Consiglieri che debbano porre essa Parte al Maggior Consiglio, come si è detto di sopra, sotto pena di lire dieci per ciascuno, e gli Avvogadori di Comune siano obbligati di esigere la detta pena; e non s'intenda per ciò, che debbano essere del Maggior Consiglio quelli che ne furono esclusi dai Consigli ordinati.

E se venga ingiunto ai Capi di Quaranta, che quando dovranno provare alcuno del Maggior Consiglio, debbano ciò notificare tra i Quaranta per tre giorni avanti; e che non facciano approvazione alcuna del Maggior Consiglio, se non saranno congregati trenta di Quaranta e più, e questo si aggiunga al Capitolare.

E se il Consiglio o il Capitolare è contrario, sia rivocato."

Ecco la sola vera Legge dal Doge Pietro Gradenigo emanata, intorno a cui s'inventarono tante favole, e si composero tante satire. Ma io domando, dov'è in questa Legge la famosa Serrata del gran Consiglio? Dove la dichiarazione, che questo Corpo debba esser perpetuo ed ereditario? Dove l'abolizione dell'annua elezione del gran Consiglio? Dove l'esclusione degli altri Cittadini? Non vi si dice forse, che gli Elettori devono essere per tutto l'anno del Corpo del gran Consiglio, siccome anche una posterior Legge del 1335 l'impone agli Avvogadori? Non potevano dunque sì gli uni che gli altri entrare nel Corpo o nell'anno precedente o nel susseguente? E schiettamente vi si ordina, che tutte le Elezioni ciascun anno si facciano il giorno di S. Michele, e che niun membro possa durare nel Corpo oltre un anno, affinchè quelli che in un anno non sono nel Consiglio, possano entrarvi in un altro. Non si limita il numero di quelli che devono comporlo; ed infatti ne' nostri pubblici Registri sempre vario se ne scorge il numero. Ma più che tutto questo convien considerare ordinarsi, che questa Legge venga assoggettata al gran Consiglio quindici giorni prima che spiri l'anno, perchè rimanga il tempo necessario a ben esaminare se dessa meriti di durare o no, e ciò che verrà deciso sia ritenuto per inalterabile. Come mai una Legge che a detta universale rovesciava affatto la Costituzione, convertendola di Democrazìa in Aristocrazìa, poteva venir lasciata, per così dire, in sospeso? E come non avevansi a temere in questo intervallo i maneggi, i rigiri, i brogli, le turbolenze de' Cittadini, de' plebei e degli stessi nobili esclusi dal Governo per sempre? Ma lo spirito saggio del Gradenigo sapea bene non trattarsi già di un'innovazione di Governo, ma sol d'un regolamento più sano nelle Elezioni, onde poter distruggere o evitare gli abusi introdottivi. S'egli avesse meditata una rivoluzione, un sol colpo di mano poteva condurla a termine, nè egli ignorava certo essere generale principio, che in tutte le grandi rivoluzioni occorre a riuscirvi ardire nell'immaginare e prontezza nell'eseguire. Al Gradenigo non mancava nè l'una qualità, nè l'altra; ma vero Cittadino qual era, che non pensa che al vantaggio della Patria, egli lasciò all'esperienza e all'osservazione de' Saggi il tempo necessario per ponderare il partito da prendere, una piena libertà a ciascuno di esaminare i proprj interessi, e decidere in capo all'anno se il nuovo metodo di elezione fosse utile o no. La legge fu a pieni voti adottata, e l'anno appresso venne confermata di nuovo. Altre leggi posteriori la ratificarono e consolidarono in perpetuo. In tal modo si andò a poco a poco impedendo, o difficultando l'ingresso a molti, riducendolo a chi avea la più antica originaria nobiltà, a quelle cospicue famiglie che aveano per secoli e secoli sparso il sangue, sacrificato le sostanze, impiegato i pensieri i più profondi a difesa della Nazione, infine a quelli i quali provar potevano per sè, padre ed avo, che la famiglia aveva avuto ingresso nel Maggior Consiglio. Quindi il padre appena era divenuto individuo di quel Corpo, che trasfondeva ne' figli il diritto di esserlo pur essi, salvo le prove che si doveano fare dell'onestà, civiltà, legittimità della madre, quando essa non fosse nobile, come altre prove, che ne' successivi tempi si vollero apposite.

Se in appresso s'introdusse qualche verme roditore e velenoso, chieggiamo noi qual Corpo semplice o composto v'abbia, che vada esente da innovazioni, da corruttela? Nell'ammasso generale de' mali convien contentarsi di quelli, che gravitano meno, almeno in apparenza, sulla totalità degli uomini. Per buono che sia un Governo produce sempre de' mal contenti; ma non dirassi mai cattivo di sua natura e difettoso, se non quando renderà infelici molti senza confluire in nulla alla prosperità pubblica. Finchè le Leggi, le sole leggi regnano in uno Stato, il Popolo è libero; egli lo sa, e quest'opinione crea la sua felicità; nè per altro che per l'opinione si reggono i diversi Governi. Non fuvvi paese, in cui il dispotismo siasi riguardato con occhio così torto come in Venezia, ed in cui siansi usati gli espedienti migliori per tener vivo lo spirito pubblico. Le due più efficaci molle furono sempre la fiducia nella personal sicurezza, e il non esigersi dal Governo che piccioli sacrificj. Pertanto fu allora che ciascun Cittadino si persuase non essere debitore di tai beneficj alle sue forze private, ma all'unione de' Magistrati, e dovette bramare che ogni disordine introdotto nel Governo, venisse riformato dalle Leggi, e che i Magistrati divenissero i suoi difensori. È già un antico adagio, che alle Nazioni tutte poco importa quale esser si possa la forma della Legislazione; invocano esse, e chieggono soltanto quella che offre loro più di guarentigie, quella dalla quale ciascuno riceve più, dando meno. Infatti l'intera Nazione si mostrò così paga de' mentovati regolamenti, che, seguendo i migliori Cronisti, sembra certo che quel metodo di elezione durasse almeno sino al 1351, e tutti i pubblici Registri cel confermano. Altra alterazione non vi si osserva, se non nel numero di molto accresciuto dei membri del gran Consiglio. Nel 1340 se ne trovano d'inscritti sino a 1212. In appresso poi quel Consiglio che durava un solo anno, si vide durarne due, indi cinque, poscia sei e più anni, sicchè per via di fatto (giacchè legge veruna non si trova) venne dimessa l'annua ballottazione. Pare però che una ballottazione continuasse sino al 1436, nel qual anno un fatal contagio mietè moltissime vite anche di questo Consiglio, e per iscemar l'orrore di tante perdite, furono ammessi al Consiglio, quanti produssero i loro titoli per entrarvi. D'altronde men rigore occorreva allora nella scelta degl'individui, perchè in virtù delle ballottazioni precedenti, il Corpo del gran Consiglio erasi purgato, ed i ricchi ed i nobili appresero a conoscere quest'importante verità, che le sole ricchezze e la sola nobiltà non creano l'uomo di merito e di considerazione, ma che da lor medesimi dipendeva, il far che venisse concesso un grado di stima più elevato a chi si nobilitava colla virtù, che a quello, il cui solo vanto era un'ereditaria grandezza.

È dunque indubitabile, che il Doge Pietro Gradenigo non vide tal mutazione nel Maggior Consiglio, perchè non potè vederla; dunque egli non ebbe parte in ciò che si eseguì sempre da poi; e nemmeno egli potè immaginare un'Aristocrazia, quale la si ebbe poscia, e quale non può crearsi a volontà; giacch'essa è cosa reale, formata dal lustro delle virtù, dai servigi resi alla Patria, dall'eroismo delle azioni civili e militari; essa è identifica alla Società, è circondata dallo splendore della fortuna, è seducente per la gentilezza, amabilità, dignità delle maniere; essa infine è una forza formata dai soli secoli, e che i soli secoli non valgono a distruggerla.

Ecco come senza Decreto, e senza veruna solenne riforma si stabilì poco a poco in Venezia l'Aristocrazia ereditaria, e quella Costituzione che per tanti secoli formò l'ammirazione dell'universo. Impiegossi a sostenerla il fior de' Cittadini, e di lor potea dirsi ciò che nelle sacre Carte si dice delle Locuste (Prov. XXX): che sono più Savie di tutti i Savj, perchè non hanno re, e marciano in truppa senza disordine e senza confusione. Se i Popoli tutti, sia per abitudine, sia per pregiudizio, sia per amor proprio, sono portati a riguardare il loro Governo come il migliore degli altri; il Popolo Veneto provò più di tutti questa felice illusione; avendo in ogni tempo manifestato con trasporto la sua confidenza, e la sua divozione perfetta a quello, sotto cui viveva.

Durante il Ducato di questo medesimo Doge Pietro Gradenigo, vi fu per altro a questa stessa epoca un Decreto di molto rilievo, ch'egli ad altro momento distrusse, come a suo luogo vedremo, ma che allora a più giusto titolo poteva chiamarsi il Decreto per la Serrata del maggior Consiglio. Prima di lui i Cittadini ed i Plebei potevano entrare nella gran Sala di esso Consiglio, ed assistere ai dibattimenti sugli affari di Stato, e sulle nomine alle diverse Magistrature; ma questo Doge giudicò necessario per togliere lo strepito ed il poco rispetto verso la pubblica maestà, che tutte le porte di quel augusto Consesso fossero chiuse. Sarebbe mai possibile, che quest'atto sì materiale potesse venir preso e confuso con quella Serrata, della quale i partigiani di essa hanno menato tanto strepito? Eppure si potrebbe essere tentati a crederlo, particolarmente se insistono nella loro ostinata opinione, anche dopo che vi è da lusingarsi di avere comprovato e co' ragionamenti e co' fatti più incontrastabili l'insussistenza di questa immaginaria riforma. Che se mai rimanesse qualche dubbio ancora, questo verrà appieno dissipato nella Festa susseguente, dove tratterassi della Congiura di Bajamonte Tiepolo.

Ma indipendentemente da tutto ciò che abbiam detto fin'ora intorno la Riforma del gran Consiglio, conviene parlare altresì della Festa, che questo stesso Doge Gradenigo instituì nel giorno di Santa Caterina ai 25 di Novembre. Stando alle parole del Decreto, pare non essere stato che uno spirito di divozione particolare, che ad emanarlo il sospingesse. Tuttavia chi ama di accusarlo di superbia, pretende ch'egli per tal modo intendesse consacrare il giorno della sua elezione al Ducato; e qualcun altro l'epoca della Riforma del gran Consiglio. Ma se si riflette che la sua elezione cadde nel 1289, che il Decreto del Regolamento del gran Consiglio è del 1297, e quello della Festa di Santa Caterina del 1307, cioè posteriore di diciott'anni alla sua elezione, e di dieci al regolamento del Governo, noi siamo tratti a giudicare, che il vero spirito di tal festa sia stato benissimo la divozione del Doge a questa Santa, le cui virtù celestiali non erano minori di quelle, che si era procacciate mercè gli studj. Non è noto in qual guisa si celebrasse la festa, che secondo il Decreto dovea esser solenne. Forse le formule posteriori adottate hanno fatto dimenticare le antecedenti. Durante la Repubblica era questa la Festa de' Dotti. In questo dì aprivasi con pompa la celebre Università di Padova, e tutti i Collegi dello Stato. In questo dì i Professori e i Maestri di ogni facoltà ricominciavano a render utili i loro talenti, e a procurarsi nuovi diritti alla gloria, coll'informare alla Patria de' Cittadini illuminati. Era questa la festa della Speranza; di quella dolce speranza, che infondeva non meno ne' genitori virtuosi, che ne' teneri figli la forza di sostenere un distacco fra loro, che dovea essere origine un giorno di felicità sì agli uni che agli altri.

Se nuove alterazioni sofferse di fresco questa solennità, pur essa tuttavia si celebra in Venezia nella Chiesa dedicata a Santa Caterina dagli Studenti del Liceo-Convito: Liceo che oggimai si acquistò la maggior rinomanza per la scelta de' suoi Professori, ed in particolare per essere diretto dal celebre Ab. Traversi, le cui vaste cognizioni si conciliano l'ammirazione di tutti gli Eruditi, e le cui paterne cure verso i numerosi Alunni si meritano da tutti i Padri e dallo Stato intero una viva riconoscenza.

Festa di San Vito.

La presente Festa dee star vicina a quella, di cui abbiam testè parlato; poichè entrambe ebbero origine sotto il Doge medesimo Pietro Gradenigo. Noi l'abbiamo veduto sin qui occuparsi particolarmente di regolamenti civili, che tutti riuscirono a sua voglia; l'osserveremo adesso in una carriera assai più difficile da percorrere. E prima di tutto puossi sospettare che fossero que' medesimi regolamenti, i quali levando ogni speranza agli ambiziosi senza merito, di poter avere parte nel Governo, facessero più particolarmente nascere quelle tante mormorazioni e querele, che scoppiarono in una vera sollevazione contro il Doge. Un certo Marin Bocconio, uomo di famiglia distinta fra le cittadinesche, concepì il disegno di una rivoluzione, e trovò un gran numero di aderenti, anzi si può dire che fu per ciò appunto, che venne scoperta. Tosto il Governo fece arrestarne molti, ne imprigionò alcuni; quelli che poterono scappare furono in perpetuo banditi; e a Bocconio fu tagliata la testa sulla Piazza di san Marco. Questo pronto, severo e solenne esempio valse a calmare, almen per allora, l'agitazione degli spiriti.

Credette il Doge di poter meglio assicurarsi della tranquillità interna della città, occupando la moltitudine in qualche esterna impresa, sapendo bene, che spesso la guerra produce una crisi salutare negli affari civili. La scelta però non era facile. La guerra feroce e dannosissima, che la Repubblica di Venezia ebbe a sostenere nell'anno 1294 contro i Genovesi, lacerava ancora tutti i cuori, malgrado la pace conchiusa colla mediazione de' Padovani e di Matteo Visconti. Conveniva dunque cercare qualche spedizione, che potesse avere una probabile riuscita, e un oggetto di utilità che potesse al tempo stesso accrescere il nome Veneziano. Gli parve di averla trovata. Andronico Imperator di Costantinopoli successore di Michel Paleologo, avea ricusato alla Repubblica di Venezia non solo un risarcimento, quale egli dovea ai mercanti Veneziani, ma ricusava pur anche la somma ragguardevolissima di danaro, che il defunto suo padre ricevuto aveva in prestanza dal Veneto Governo. Deliberò dunque di spedire ne' mari di Costantinopoli Belletto Giustiniani con trentasette vascelli per farsi giustizia da sè; ed il Giustiniani se la fece per modo; ch'essendosi impadronito di un gran numero di vascelli, e posto a ferro e fuoco un vasto tratto di paese soggetto all'impero, ridusse Andronico alla necessità d'implorar la pace per poter almeno sostenere la corona minacciata da' suoi proprj sudditi. Il Giustiniani, ottenuto quanto dimandava, e più ancora, sottoscrisse la pace tanto desiderata da Andronico. Il nostro eroe ritornò a Venezia recando seco quindicimila prigionieri, gran copia di sontuose spoglie, e tutta la somma del denaro, che l'imperatore aveva sino allora ricusata. La gioja de' Veneziani si manifestò nel modo più vivace; e il Doge vide colla maggior soddisfazione, ch'egli non erasi ingannato nella sua aspettativa.

A questo felice avvenimento seguì il trionfo sopra i Padovani, di cui abbiamo altrove parlato. Ma i giorni di felicità pel Doge Pietro Gradenigo erano passati, ed egli si trovò imbrogliato in una guerra a doppie armi; le spirituali e le temporali. Eccone la cagione.

Tra i cittadini ambiziosi d'Italia, che nel decimoterzo secolo, postergando l'indipendenza e la felicità delle loro patrie, s'erano dichiarati i padroni e sovrani di esse, vi furono pure gli Estensi. Questi si erano impadroniti anche di Ferrara, ma in sul principio per poter assicurarsi meglio della loro preda, misero la Città sotto la protezione del Pontefice, a cui essa aveva già appartenuto, e la governarono in lor nome, facendosi chiamare i Vicarj perpetui del Papa. Estesero poscia il lor dominio, aggiunsero Modena al lor Feudo, e crebbero per tal modo di autorità, di forza e di riputazione, che Carlo II re di Napoli non isdegnò di concedere sua figlia Beatrice in matrimonio ad Azzo, tuttochè fosse vedovo, e padre di un figlio per nome Fresco. Un tal matrimonio parve a questo giovane molto fuor di stagione e se ne corrucciò altamente; e forse fu tal disgusto che accrebbe in lui l'impazienza di regnare, cosicchè non potendosi più contenere, ordinò o anche eseguì proditoriamente la morte del padre. Lo sdegno de' cittadini contra l'uccisore si manifestò in maniera, che Fresco dovette andar esule fuori dello Stato. Egli non seppe ove meglio cercar salvezza che in Venezia, e come figlio ch'era di una Veneziana, implorò il soccorso della Repubblica. Procurò essa, ma indarno, il perdono per Fresco. I Ferraresi furono irremovibili. Egli allora, non vedendo più luogo a speranze per sè, rinunziò ai Veneziani tutti i suoi diritti, e solo chiese per compenso un'annua pensione da potersi godere in Venezia; il che gli fu subito accordato.

Allora la Repubblica annunziò ai Ferraresi, che da quel momento essi appartenevano al Veneto Stato. Ricevettero essi da prima molto bene una tal nuova, e fecero anche una bell'accoglienza al Governatore speditovi, credendo forse di avere in lui un antico Podestà Veneziano; ma ben tosto o pentiti di avere accordato ogni cosa troppo facilmente, o sollecitati da Francesco fratello di Azzo, che vedevasi con ciò escluso per sempre dallo sperato dominio, risolsero unanimemente di mandare Ambasciatori in Avignone, per implorar dal Papa la sua protezione contro la violenza de' Veneziani. Clemente V senza ponderar più che tanto la supplica, fece intimare al Governo di Venezia di rimettere immediatamente in libertà Ferrara, minacciando, in caso di resistenza, di perseguitar la nazione con tutte le sue armi, e di suscitare contro la Repubblica tutti i principi cristiani.

Una intimazione così risoluta del Papa non fece però grande impressione sull'animo del Doge Gradenigo; pure non potendo decidere nulla da sè solo, gli fu forza di convocare il Maggior Consiglio per prender partito. Tra i convocati fu il primo Jacopo Quirini, che con somma eloquenza procurò di persuadere la rinunzia di Ferrara, mostrando che le armi spirituali del Papa potevano essere più offensive che quelle di tutti gli altri principi uniti; poichè un'anatema sur i sudditi della Repubblica sparsi per tutta l'Europa avrebbe potuto ridurre a mal termine le loro sostanze, ed anche la vita; che il tuono minaccevole della voce Papale poteva risvegliare la gelosia assopita de' rivali della potenza Veneziana, e intimorire i sudditi fin al punto di far perdere con disonore ciò ch'era meglio cedere sotto l'aspetto di obbedienza filiale al Capo della Chiesa. Aggiunse, che se l'ambizione di estendere l'impero aveva a far prendere le armi in mano ai Veneziani, non mancavano regni in Oriente da conquistare, senza dipartirsi da' principj stabiliti dagli antenati, i quali riposto avevano le basi della nazional gloria e grandezza nella navigazione e nel commercio, riguardando come nocevole alla libertà ogni acquisto di Terra-Ferma; che ancor meno dunque dovevasi ritener Ferrara, città prediletta del Sommo Pontefice, e ciò contro la sua assoluta volontà.

Terminata questa disputa, altri Oratori presero a sostenere un'opinione affatto contraria. Fecero vedere che il Papa aveva gran torto di lagnarsi de' Veneziani, che avevano preso tante volte le armi per lui, e versato il loro sangue, e prodigati i lor tesori in favor della Chiesa; che inoltre non trattavasi già di una conquista, ma di accordar protezione a sudditi, che di loro spontanea volontà eransi sottommessi ad un Governo saggio e clemente; che non dovevasi mai per un timor pusillanime negar soccorso a chi avea diritti di attenderlo, nè rinunciare ad una Città, che situata sul Po, non poteva essere attaccata nè dal Papa, nè d'altri con forze marittime eguali a quelle della Repubblica. Terminavano col dire, che mentre il felice destino offeriva una sì ricca addizione terrestre ai possessi di mare, non dovevasi per viltà trascurarla. A tal passo altri Oratori si alzano per aver la parola; ma sono interrotti da altri. I più ardenti erano da una parte i Gradenighi, i Michieli, i Giustiniani; ed i Quirini, i Badoari, i Tiepoli dall'altra. Entrambi i partiti si riscaldano, dimenticasi la maestà sovrana, si giunge sin alle ingiurie. Quelli del partito Quirini accusano gli altri d'ignoranza, non sapendo prevedere i mali e la vergogna che derivar ponno da tanta ostinazione. Gli avversarj chiamano poltroni e nemici della Patria chi vuole la pace. Alfine il Doge si alza: quest'atto impone il silenzio; ciascuno crede di udire giusti rimproveri per i confini oltrepassati dai disputanti; nulla di questo. Soltanto l'autorità del Doge fa decider di ritener Ferrara.

Pure il rispetto alla Santa Sede volle che si spedissero Ambasciatori in Avignone per informare il Pontefice, che la Repubblica di Venezia non aveva acconsentito di occupar Ferrara, che a solo fine di soccorrerla, e per essere stata a ciò sollecitata dagli abitanti: che le sue truppe avrebbero impedito che altri principi, che già la vagheggiavano, non se ne impadronissero: che continuerebbe dunque a ritenerla a guisa di puro deposito e per sola sicurezza. Clemente V lungi dall'aggradire questa Deputazione, lanciò l'anatema contro i Veneziani, pubblicò e sparse per tutta l'Europa un Editto, con cui ordinava a tutti i popoli di perseguitar coll'armi i Veneziani, e di spogliarli di tutti i loro beni, come separati dall'unione de' Cristiani, e nemici della Chiesa Romana; poscia commise al suo Legato il Cardinal Bellagura di andar a conquistar Ferrara.

Allorquando que' Cittadini videro avvicinarsi l'Esercito Pontificio aumentato da un Corpo di Cavalleria Fiorentina, si ribellarono ai Veneti, ed apersero le porte alla milizia ecclesiastica. Per questa inattesa mutazione di cose grave fu il danno dei nostri, e per nulla valse tutto il valore, che con tanta fermezza dimostrarono. La forza nemica infinitamente superiore piombò su quegli sventurati, e vi fece un'orribile carnificina. Un piccolo numero andò a rinserrarsi nel Forte Tealdo; e allorchè questo non potè più resistere, tutti si arresero a discrezione del vincitore.

La sciagura de' Veneziani non ebbe qui fine; poichè il Papa malgrado il prospero evento delle sue armi non ritirò punto l'anatema, ed esse divennero lo scopo delle persecuzioni, e dell'odio dei Popoli, i quali sotto pretesto d'un sacro abbandono alla Santa Sede, esercitavano contro essi ogni genere di crudeltà, nè vi fu spoglio o violenza, di cui non fossero vittime. Tutte le loro ricche merci, che portato aveano in Francia, nelle Fiandre e in altri luoghi, vennero confiscate; i loro mercadanti arrestati, maltrattati, e perfino varj di loro perirono. Guai se le Saraceniche popolazioni avessero ricevuto l'acqua battesimale! la nostra nazione sarebbe stata affatto distrutta. Tali e tante rovine produsse fra noi questa terribile scomunica, che anche oggidì è portata per esempio dal volgo; dicendosi, per dinotare un uomo di tristo aspetto, che sembra recar con sè qualche cattiva nuova, pare quello che porta la scomunica di Ferrara. Ed è ben certo che Clemente V, benchè con qualche ragione irritato contro i Veneziani, spinse oltre al segno il suo rigore, e spiegò più livore che zelo in questa occasione; nè mai potrebbe essere giustificabile la sua ostinazione, e la durezza d'animo manifestata nel resistere per cinque anni a tutti gli uffizj, a tutte le suppliche della pentita Repubblica, che nel sacrosanto nome della Religione e dell'Umanità implorava indulgenza. Egli doveva inoltre non postergare, come fece, i suoi meriti verso la Santa Sede; avendo essa le tante volte accolto nel suo seno con divozione ed amore que' Pontefici, che vennero a rifuggiarvisi, e tutto il sangue e l'oro profuso per soccorrerli. Ma l'aver egli prolungata così questa crudele scomunica, fu si può dir oltre tutti gli altri mali, il principal movente di quella Congiura, che scoppiò poco dopo a Venezia. Poichè al dolore universale suscitato in tutti i Cittadini al ragguaglio di tante calamità e perdite dei nostri, successe un gagliardo fermento negli animi, ed i differenti partiti si riaccesero sempre più. Gli uni gridavano altamente contro il Doge, come autor principale de' mali pubblici e particolari, per essersi ostinato, mediante un falso giudizio, di ritener Ferrara; altri sostenevano che Marco Quirini era un traditor della Patria; poichè s'egli non avesse ceduto quella Fortezza senza tentare una battaglia, ed attendere l'approvazione del Senato, avrebbe potuto trionfare di tutte le difficoltà. Malgrado tutte queste contese, nè la colpa del Quirini, se pur l'avea commessa, venne punita a cagione del suo illustre casato, nè la calunnia, se tale ell'era, venne vendicata. Egli frattanto giunse a Venezia macchiato d'infamia, ed il Conte Doimo di Lusino Generale di terra, fu al contrario benissimo accolto. Accadde che pochi giorni dopo doveasi procedere all'elezione di un Consigliere. Entrambi si misero nella lista de' Candidati. Al momento della ballottazione Jacopo Quirini salì la Tribuna per richiamar la legge dell'anno 1266, che non accordava ai nobili Dalmati la facoltà di entrare in Maggior Consiglio, nè quella di ottenere le primarie dignità della Repubblica. Un Giustiniani rispose; altri replicarono, ed in mezzo a questi dibattimenti di opinioni varie, si passò ad alcuni propositi inconsiderati, e a fatti più ributtatiti ancora. Ad ogni modo il Conte Doimo venne prescelto. Osservossi subito dopo nella Piazza e per le vie varj attruppamenti, ed un certo parlar in disparte, e con molta vivacità, che diede luogo a sospettare essersi la discordia civile aumentata a segno d'inspirare giusti timori per la sicurezza pubblica. A fine di prevenir il male, il Doge d'accordo co' Consiglieri rinnovò la legge della proibizione delle armi, e fu commesso al Magistrato de' Signori di notte di soprantendere anche fra il giorno per l'esatto adempimento del Decreto. Ma il diavolo (queste sono le identiche parole di Marco Badoer) che mirava alla rovina del Governo, inspirò a Marco Morosini, Signor di Notte, di volersi assicurare se Pietro Quirini, che avanzavasi verso di lui, avesse armi indosso, e tosto gli pose attorno le mani; ma il Quirini con un colpo di piede atterrò il Morosini. Gran quantità di gente accorse sul fatto; la contesa si fa sempre più viva, e le parti vieppiù si fanno accanite fra loro; ma il Quirini per una sentenza della Quarantia è condannato ad una pena pecuniaria. Marco Quirini guardò tutto l'avvenimento come una nuova offesa diretta particolarmente a lui. Non potendo più contener la sua rabbia, risolse di vendicarsi del Doge, pronto, diceva egli, a punire i Quirini, lento a difenderli. Credette l'impresa di una facile riuscita, attesa la mala disposizione del Popolo verso Pietro Gradenigo, sia per essere stato eletto Doge contro la volontà popolare, sia perchè era riguardato come la cagion principale di tutte le calamità dell'ultima guerra. Nondimeno il Quirini non osò di mostrarsi apertamente, sapendo di non esser neppur egli in grande opinione per aver abbandonato troppo presto Ferrara. Pensò dunque di rimettere l'esecuzione del suo disegno, e di crear Capo della Congiura, che meditava, il di lui genero Boemondo Tiepolo, che dai Veneziani chiamavasi Bajamonte, figlio di quel Jacopo Tiepolo, ch'era stato dal Popolo proclamato Doge: uomo intraprendente, di una illustre famiglia, e che odiava il Gradenigo come il principal motore di essere stato punito per la sua amministrazione, allorchè fu Rettore in Morea, ed anche per l'orgoglio, diceva egli, insultante del Doge.

Da che Marco Quirini ebbe esposto tutto il disegno al Tiepolo, questo se ne mostrò soddisfattissimo, ed ambidue si misero a tenere secrete conferenze, in ognuna delle quali accrescevasi il numero de' Congiurati. Cominciossi da prima a trattare sul porre rimedio ai mali dello Stato; giacchè è sempre sotto questo pretesto che si tramano le congiure. Marco Quirini fece una rapida esposizione della sventurata situazione di Venezia dall'epoca dell'assunzione alla Sede Ducale del Gradenigo, e provò che non era possibile di salvar la Patria, se non che togliendo di vita quell'ambizioso principe insieme co' suoi partigiani. Jacopo fratello dell'Oratore, presso cui tenevansi le combricole, essendo uomo di spirito saggio e moderato trovò troppa esagerazione d'idee, e cercò di allontanare le decisioni violente; ma il Tiepolo lo interruppe, comprovando la necessità di tali misure, e prese sopra di sè l'incarico di provocare lo sdegno generale contro il Doge. Gli riuscì in fatti di far entrar nel complotto un numero grande di persone di ogni classe; le raccolse tutte, e cominciò dall'accusar il Doge come cagione della mala riuscita nell'ultima guerra contro i Genovesi, e ciò ch'era ancor peggio, e più umiliante, in quella recente col Papa. Pinse con colori assai vivi le crudeli e terribili conseguenze, che derivarono dall'anatema Papale, per cui un grandissimo numero di Veneziani furono non solo rovinati nelle fortune, ma persin trucidati. Alcuni ridotti in ischiavitù vennero venduti come oggetto di commercio, e costretti a soffrire ogni genere di umiliazione e di tormenti. Fece vedere essere divenuta Venezia più isolata da quest'anatema, che per la propria posizione; essere quasi un lido appestato in mezzo al mare, dal quale nessuno scioglie, ed al quale niuna vela amica osa approdare. Nell'interno poi esservi la carestia, la cessazione assoluta del commercio, la somma difficoltà di guadagnarsi il pane, la privazione di tutte le consolazioni, che la Religione può procurare agl'infelici; tali essere i miserandi effetti del perfido governo del Doge; e che malgrado le lagnanze, i gemiti, le preghiere di tanti infelici, pure lo snaturato erasi sempre tenuto irremovibile; così portando il suo carattere aspro ed inumano, che guardasse con tranquillo ciglio lo spargimento del sangue, e la distruzion delle fortune de' suoi proprj concittadini. Fece osservare come il valoroso Marco Quirini era stato a torto privato del comando della flotta contro i Genovesi, e come ultimamente era stato esposto nel Maggior Consiglio ad ogni specie d'insulto dai suoi antagonisti senza che il Doge ne rimproverasse alcuno, senza che i Magistrati li punissero. Indi l'Oratore non dimenticò nemmen di parlar di lui stesso, dimostrando, che quantunque disceso di benemeriti Cittadini de' quali rammentò le gloriose imprese, pur venne, contro ogni giustizia, condannato a risarcire il pubblico erario de' danari amministrati nel suo governo di Modone e di Corone. Infine con queste ed altre accuse giunse ad eccitare un grido generale in tutta l'assemblea di morte al Doge Gradenigo.

Se ne formò il piano, ed il Tiepolo venne proclamato Capo della Congiura. La piazza di Rialto fu assegnata pel luogo dell'adunanza. Di là dovevasi marciare verso la piazza di San Marco ed investire il Palazzo Ducale, atterrarne le porte, impadronirsi del Doge uccidendolo, e con lui tutti quelli che osassero opporsi.. Frattanto il Badoer ch'era Podestà a Padova, dovea condurre di là un corpo di truppe, che comparissero opportunamente, caso che i Congiurati fossero bloccati, per liberarli. Quanto alle armi, tutti i nobili guerrieri ne avevano in gran quantità. Esse erano conservate nelle antiche famiglie, come oggetto di lusso o come trofei. Furono dunque queste distribuite a tutti quelli ch'erano concorsi nella medesima risoluzione, e fra essi, (cosa osservabilissima) vi si trovavano molti nobili. Per l'esecuzione era stabilito il giorno 15 di giugno di quest'anno 1310. Nè devesi lasciar di osservare (perchè cosa al certo meravigliosa) come il secreto fu da un numero sì grande di persone custodito in guisa, che sino al dì precedente niun sentore se ne avea per la Città; e ciò rincuorava ognor più i Congiurati, onde con più ardore accelerarono i preparativi necessarj pel giorno seguente. Ma appunto nella giornata del 14 s'incominciò ad osservare, che un gran numero di persone s'introducevano di soppiatto in varie case, e particolarmente in quelle de' nobili, ch'erano i più contrarj al Doge. La scoperta fu tosto comunicata a lui, ma sull'imbrunire ei giunse a saper chiaro di che si trattasse. Egli non perdette per ciò nè cuor nè mente. Raccolse in un punto que' tra' membri del Gran Consiglio, sui quali poteva maggiormente contare; comunicò loro il pericolo che ad ognuno sovrastava; li esortò senza perder tempo ad avvertir ciascuno i proprj parenti ed amici, e quanti più cittadini potevano atti all'armi, perchè tutti armati si ragunassero nel Palazzo Ducale prima dello spuntar del giorno: ordinò, che si sguernissero i posti meno importanti di Venezia per portarne sulla gran Piazza le truppe. Fece accorrere dall'Arsenale molti operaj. Indi assicurò l'Assemblea, che qualora si agisse prontamente, e si conservasse un perfetto accordo fra tutti, non eravi niente a disperare della cosa pubblica. In questa maniera sotto l'apparenza della tranquillità generale, e nel pacifico silenzio delle tenebre notturne, sì dall'una parte che dall'altra prendevasi tutte le disposizioni per dar principio ad un'azione, in cui Venezia dovea battersi contro Venezia stessa, ed il sangue de' cittadini sgorgar sotto il ferro de' loro concittadini.

Appena il giorno apparve che sollevossi un fiero temporale. Il fragore delle folgori, ed il muggito del mare in burrasca diedero il segnale della scena crudele e sanguinosa ch'era per aprirsi. Ma questo fenomeno del cielo arrestò in qualche modo il primo empito de' congiurati; pure considerando il Tiepolo essere impossibile, che un concorso sì grande, per cui erasi già dovuto svegliare la notte gran parte della città, non fosse arrivato a cognizione del Doge, non bilanciò più; raccolse egli tutte le sue truppe, e quando furono tutte unite, ordinò di atterrare le porte delle prigioni di Rialto, e trarne i delinquenti. Con questi aumentò la sua armata. Indi permise di impadronirsi di tutti i depositi de' grani, delle casse del danaro pubblico e di distribuirselo fra di loro. Una tal permissione fu ad essi data non solo per soddisfar la sete del bottino, ch'è sempre il principal agente nelle sollevazioni popolari, ma anche per guadagnar tempo, onde così il Badoer giunger potesse da Padova col suo rinforzo. Fu però grandissimo fallo questa permissione; poichè i Congiurati perdettero in tal modo inutilmente un tempo prezioso, del quale il Doge ne profittò per raccorre insieme tutti i suoi partigiani, e disporli in propria difesa. Diede il comando delle truppe a Marco Giustiniani, il quale pose buona difesa ad ognuna delle porte del palazzo, indi le sfilò del miglior ordine sulla Piazza di San Marco.

Frattanto il Tiepolo cominciò la sua marcia. Si videro allora uscir da ogni strada coorti di genti armate, ed il suono delle trombe misto ai gridi, agli urli, ed al rimbombo de' tuoni, tutto aumentava l'orrore. Giunti alla Merceria, raddoppiaronsi le grida: morte al Doge Pietro Gradenigo. Gli abitanti di quella contrada accorsi tosto alle finestre e su i tetti, gettarono sugli armati pietre e sassi, e tutto ciò che veniva loro alle mani. Una vecchia volle gettare un mortajo di pietra sulla testa di Bajamonte, ma se fallì quel colpo, fu però fortunata per avere colpito il suo Alfiere, che morì sul momento. Non perciò il Tiepolo si sbigottì, ma continuò la sua marcia verso la Piazza di San Marco, ne si spaventò punto per lo spettacolo imponente di un'armata disposta a riceverlo, che non aspettavasi di vedere. Le due schiere si dispongono tosto all'attacco; il sangue già scorre sul terreno, e durante lo spazio di varie ore, la Piazza di San Marco divenne il campo di battaglia, offerendo nel furor civile di un medesimo popolo tutti gli orrori d'un combattimento fra due nazioni ferocemente nemiche. Indecisa per qualche tempo fu la sorte, alla fine il valoroso Giustiniani conquise Marco Quirini, e portò la strage ad un gran numero di insorgenti. Il Tiepolo disperando sul fatto di una miglior riuscita, procurò di ritirarsi il più presto possibile co' suoi dentro l'isola di Rialto, dove, rotto il ponte di legno, che attraversava il canal grande, e tratte a sè le barche, si fortificò colla speranza di poter il giorno appresso cominciare il combattimento, mediante l'aspettato rinforzo di Padova. Ma le barche che dovevano condurlo, per sua grande sciagura rimasero per più ore in secco sulle sponde del Brenta, ed allorchè giunsero nelle lagune, furono tutte prese; il Badoer dopo alcuni giorni ebbe recisa la testa.

Frattanto il Doge fece pubblicare un perdono generale a tutti quelli, che dopo di aver seguito il partito di Bajamonte, si fossero messi alla ragione e cercò di animar il Popolo ad accorrere alla difesa della cosa pubblica. Malgrado però tali esortazioni, pochi v'ebbero, che non si tenessero ritirati senza decidersi per alcun de' partiti. Il giorno 16 vi furono delle trattative per una riconciliazione, ma non si potè nulla ottenere. Nello stesso giorno Giovanni Soranzo, e Mattio Manolesso, uomini venerabili per età, e pel sostenuto maneggio di gravi affari, furono incaricati dal Doge, dai Consiglieri, e dai Capi de' Quaranta di recarsi a Bajamonte, onde persuaderlo di presentarsi, non già al Doge Pietro Gradenigo, ma soltanto alla Signorìa. Quegli non si arrese pur un poco, adducendo per ragione che le replicate ingiurie del Doge verso di lui gridavano vendetta, e ch'era risoluto di ottenerla. Quindi i Deputati si ritirarono senza poter riportare che tristi nuove. Allora Filippo Belegno, uno de' Consiglieri più rispettabili, fidato nel predominio, ch'egli sapeva di avere sul cuor del Tiepolo, si offerse di andarvi egli stesso, e ricevuto il pieno potere di dispor le cose secondo a lui paresse, si partì sul momento. Fu egli sì fortunato da poter persuadere il Tiepolo ed i suoi partigiani di allontanarsi da Venezia. Si segnò una Capitolazione da esser poi sanzionata dal Maggior Consiglio, nel cui esordio annunziavasi (ciò ch'è molto notabile) che gli ordini emanati contro il Tiepolo e gli altri complici non erano per essere stati nemici della Patria, ma per essersi abbandonati a disordini ed errori contrarj alla pubblica tranquillità. Si venne all'estensione degli articoli. Il primo risguardava Bajamonte Tiepolo. Gli si lasciò la scelta del luogo del suo esilio. Egli preferì di essere relegato per quattro anni in Dalmazia vicino ai parenti di sua madre. Il secondo risguardava i nobili patrizj, che avevano preso parte nella congiura: lasciossi a loro pure la libertà di scegliere il luogo del loro esilio, che però anche per loro durar doveva quattro anni. Il terzo abbracciava tutti gli altri complici, i quali vennero lasciati in poter del Doge e de' Consiglieri.

Il Gradenigo da uomo prudente e illuminato giudicò essere la dolcezza e l'indulgenza i mezzi da usarsi per vincere gli animi inaspriti; poichè le persecuzioni ed i rigori d'ordinario non fanno che stringere i congiurati in maggior alleanza fra di loro, ed accrescer numero di seguaci al loro partito. Col sottoscrivere gli articoli convenuti, facevasi un lungo ponte e sicuro per iscacciar da Venezia i nemici. Quindi ei ragunò per il giorno dopo il Maggior Consiglio, ove si lesse la Capitolazione, alla quale fu aggiunto solamente, nel caso che il Tiepolo, e gli altri Complici avessero mancato ai patti, fossero in sul punto risguardati come traditori della Patria, e come tali puniti. Quest'addizione fa meglio conoscere che lo scopo de' Congiurati non era stato l'annullamento della Costituzione, come alcuni asseriscono; poichè non sarebbesi riserbato solo a quel punto il dar loro il nome di traditori della Patria.

Sciolto il Gran Consiglio, i Congiurati recaronsi tutti nella terra di Mestre, dove venne ad essi letta la loro condanna. Giurarono tutti obbedienza; ma poscia udendo che la radunanza del Consiglio non era stata formata che di 377 membri, quando gli eletti in quell'anno erano 900, congetturarono che il numero de' lor partigiani anche in questo Consiglio stesso, fosse molto più grande di quanto avevano osato immaginare, ciò che animò infinitamente le loro speranze, e li determinò, malgrado il giuramento prestato, di non allontanarsi da Venezia oltre che a Treviso, per aver maggior facilità di giungere al loro scopo. Dall'altra parte il Doge, i Consiglieri, ed i Capi di Quaranta si fecero essi pure a considerare il piccolo numero di patrizj intervenuti al Consiglio per risolvere sopra un affare tanto delicato e di tanta importanza, ciò che certo non sarebbe arrivato, se fossevi stato a temere di una generale sollevazione nel Governo, poichè quelli che si trovavano essere del Gran Consiglio, avrebbero avuto interesse di sostenerlo. Ma qualunque si fossero le ragioni particolari, v'era da sospettare che il numero de' nemici occulti fosse maggiore dei palesi. Da ciò nacque, che la gioja per la partenza del Tiepolo e de' suoi aderenti si cambiasse in timori gagliardi, conoscendo esservi un resto di quel lievito, che prodotto aveva il gran fermento; perciò con nuova legge fu decretato, che dovendo ragunarsi il Maggior Consiglio fosse permesso di venire armati a questo Consesso: "et ciò fecero (dice Marco Barbaro), non perchè la Congiura era di Cittadini e Popolari, ma perchè quest'era una Congiura de' Cittadini Nobili contra Nobili Cittadini, e non erano conosciuti gli amici dalli nemici di quel Governo, volsono permettere, che generalmente e pubblicamente si portasse armi in Gran Consiglio." Anzi non potendo penetrare il Doge con certezza, se dovesse più temere da' nobili, ch'erano membri attuali in quell'anno, ovvero da quelli che non entravano allora a formare il Gran Consiglio, gli parve sicuro partito, che le porte della Sala stessero aperte, onde poter essese facilmente soccorsi sì da' cittadini, che dai popolari nel caso di qualche emergenza. A questo fine furono fatte le seguenti deliberazioni.

"1310 li 12 luglio in Mazor Consiglio.

, ... inoltre si ordina, che la porta per questa volta soltanto stia aperta, non intendendo, che se qualcuno uscirà dal Consiglio, incorra nella pena di libre dieci, come vuole la legge, e se qualcuno verrà dopo proposta la Parte, sen Parta."

"1310 li 19 luglio.

Che la porta per ora stia aperta, e se il Consiglio è contrario sia rivocata la parte."

Queste leggi sono una nuova prova ch'esisteva quella già veduta nell'antecedente Festa, di dover chiudere le porte del Gran Consiglio.

Indi vennesi a studiare i mezzi per assicurar la pubblica tranquillità, non essendovi niente di più fatale allo Stato e che ponga più in pericolo la libertà pubblica, quanto gli odj e le inimicizie civili. Giudicossi il pericolo tanto vicino da dover ricorrere ad una Magistratura di grande autorità, che potesse agire senza la lentezza delle regole ordinarie. Ma un tal potere, quasi senza limiti, non poteva certo essere posto nelle mani di un piccolo numero di persone, senza incappare in nuovi pericoli; nè in quelle di molti senza fargli perder molto della sua forza. I nostri Legislatori non arrossendo giammai di prevalersi degli usi delle altre nazioni, quando l'esperienza ne aveva provata l'utilità, ad imitazione degli Efori di Lacedemone, instituirono un corpo composto di dieci cittadini più rispettabili di Venezia, a' quali fosse specialmente appoggiata la cura di procurare i mezzi necessarj per impedire li disordini cittadineschi, ogni abuso di superiorità individuale, ogni parzialità nella pubblica giustizia, ogni attentato contra la Costituzione, e nel caso che scoprissero qualche scellerato che invece di obbedire bonariamente, studiasse il mezzo di comandare tirannicamente, o che trasportato dall'ambizione, o sedotto da perverse inclinazioni minacciasse danno allo Stato, avessero il pien poter di giudicar da loro soli l'affare, e deciderlo nella maniera la più conveniente per la pubblica sicurezza.

La saggia vigilanza, e prudente condotta di questo Magistrato lacerò tutti i fili della trama, che pur dava argomento di tema; mentre i Congiurati riunitisi nella Città di Treviso, di là non si dipartivano, malgrado le dolci e replicate insinuazioni del Governo, che gli esortava di trasferirsi ne' luoghi loro assegnati. Tanta ostinazione costrinse alfine il Governo a passare ad un castigo più severo. Furono tutti banditi in perpetuo a cagione della loro disobbedienza, e ciò ch'è peggio, a cagione de' loro segreti maneggi per restituirsi in Venezia. E siccome Bajamonte Tiepolo era quello, che tuttavia animava gli altri a resistere, così fu messa la sua testa a prezzo di due mila ducati. Decretossi inoltre che la sua casa fosse atterrata dai fondamenti, e che in suo luogo vi si ponesse una colonna con Inscrizione infamatoria. Convien conoscere questa Inscrizione per imparare al tempo stesso la fede, che prestar si deve ad un gran numero de' Cronisti, e alle tradizioni che sono passate di bocca in bocca per più secoli. Questi autori, e queste tradizioni riferiscono come scolpiti sulla colonna questi versi:

"De Bajamonte Tiepolo fu questo terreno

E mo è posto in commun acciochè sia

A ciaschedun spavento per sempre e sempre mai

Del mille tresento e diese

A mezzo el mese delle Cerese

Bajamonte passò el Ponte

E per esso fò fatto Consegio de Diese."

Coll'andar del tempo la famiglia Tiepolo, riputatissima e veneratissima prima e poi, ottenne di poter sotterrare questa Colonna, ed essa rimase sepolta per varj secoli. A' nostri giorni fu essa dissotterrata, ed il nostro fu celebre Bibliotecario cav. Morelli, il cui onore era certo quanto la sua erudizione, postosi ad osservare l'Inscrizione, vi trovò queste precise parole, e nulla più:

."De Bajamonte

Fo questo terreno e mo

Per lo so iniquo tradimento

Azzò lo veda tutti

In sempiterno."

Venne poscia proclamato un perdono generale per tutti quelli che pentiti dell'errore commesso si renderebbero all'obbedienza. Con questo mezzo dolcissimo si potè riconquistare molti cittadini, ch'erano affatto perduti per lo stato; ed il Tiepolo abbandonato da' suoi, lo fu pure dagli abitanti di Treviso, che lo cacciarono dalla città, nè mai più si ebbe di lui novella alcuna.

Riconosciuta l'utilità della nuova Magistratura denominata il Consiglio di X; i cui membri avevano meritato la general soddisfazione nel disimpegno di un affare tanto difficile e delicato, fu allora adottato di rinnovarlo d'anno in anno, senza però stabilirlo perpetuamente, come lo fu in appresso.

Siccome poi cagione primaria della riacquistata tranquillità generale e sicurezza pubblica era stata l'onnipossente volontà della Divina provvidenza, così venne decretato, che in commemorazione del felice avvenimento accaduto il giorno 15 giugno, festa di San Vito, celebrar si dovesse ogni anno la festa di questo Santo nel tempio a lui dedicato, e che il Doge col suo augusto corteggio vi si recasse per render le dovute grazie. Si stabilirono tutte le formalità. Ed essendo la chiesa di San Vito alla sinistra del Gran Canale, e ad una troppa distanza dal palazzo del Doge, perchè Sua Serenità potesse fare quella strada senza andarsene a piedi, fu preso ch'egli anderebbe nelle sue barche dorate, vestito nella sua maggior pompa, e seguito dalla signoria e dagli ambasciadori. Per quelli poi che dovevano formare la gran processione, si ordinò un ponte di legno, che attraversasse tutto il canale, il cui capo mettesse alla piccola piazza della chiesa. Sopra questo ponte dovevano passare i Presidenti delle quarantie, tutta la Quarantia Criminale, i Savj degli Ordini. Seguivano questi le sette scuole grandi, i religiosi di tutti gli ordini, i musici di San Marco, e tutti quelli che assister voleano alla grande solennità.

Allorchè tutte le sacre cerimonie della chiesa erano compite, il Doge rientrava nelle sue barche, e recavasi al suo palazzo, dove dava un banchetto a tutti quegli ambasciatori, e a quei patrizj ch'erano stati pubblicamente a parte della solennità. Questa durò in vigore sino al 1797; ed è interessante a sapersi, che il concorso del popolo per rendersi in tal giorno nella chiesa di San Vito, non mai diminuì; quantunque si teneva generalmente per fermo, che l'origine della festa fosse il trionfo dell'aristocrazia consolidatasi in quest'occasione, il che prova, che malgrado le distinzioni e i privilegi del patriziato, la costituzione che governava questo popolo, produceva un sentimento generale di soddisfazione. È ben vero però, che queste distinzioni, questi privilegi non aveano luogo che negli affari governativi;

mentre un'assoluta eguaglianza co' popolari esisteva in ogni tassa e imposizione, nella giustizia de' tribunali, e nelle provvidenze emanate da savj consessi, per rendere tutti paghi e contenti. E quanto alla vita sociale, regnava qui una specie di reciproca affezione, certe abitudini in comune, un miscuglio piacevole fra tutte le classi, che quantunque l'una separata dalle altre, tutte vicendevolmente si ajutavano fra loro, e si legavano nelle loro reciproche relazioni con sì dolce amistà, ch'era impossibile di veder penetrare in verun cuore nè avversione, nè invidia, nè quella mutua antipatia, che tanto si manifesta presso le altre nazioni, dove un gentiluomo è egualmente forestiere alle altre classi de' suoi compatriotti, che lo sia agli altri popoli. Qui generalmente tutti i patrizj erano conosciuti e trattati con quel rispetto spontaneo, che punto non avvilisce quelli stessi, che lo accordano; ciò che non avrebbe luogo, che quando il loro oggetto ne fosse indegno; in fine erano riguardati, così disse un eccellente autore, come quelle stelle, che si distinguono in mezzo a mille altre, che brillano ai nostri occhi nel silenzio di una bella notte d'estate.

## IN TERRA-FERMA.

Prima di giungere a ciò che forma il soggetto di questa festa, diasi una occhiata ai fatti che precedettero. Il conoscere l'andamento degli avvenimenti è un mettersi in istato di meglio conoscerne le conseguenze. Qual vivo interesse inoltre non inspira una epoca la più nobile, la più sublime della storia de' secoli di mezzo, quella in cui un popolo sagace e industrioso, qual era il Lombardo, scosse il giogo de' governatori incapaci e indegni di comandare? La disperazione si armò: la Lombardia fu libera. Le fu d'uopo nondimeno versar molto sangue e molto oro per conquistare la sua indipendenza, e poscia sostenerla con grandissimi sforzi. Ma queste guerre stesse furono sorgente di azioni sublimi, ed oggetto di universale sorpresa. Tutto il mondo ammirò il coraggio eroico di quel popolo, che seppe affrontare tanti pericoli, sprezzare la morte, supplire al piccolo numero de' soldati col genio e col valore, trar partito da menomi vantaggi, riparar prontamente a tutti i rovesci, vincere eserciti, che si tenevano in pugno la vittoria, acquistarsi con ciò un nome immortale, e distruggere mercè il sacro amor di patria, tutto l'orrore che inspirano le spedizioni militari. Esempj tali presentati con riuscita felicissima parvero svegliare in tutti i cuori italiani una specie di fermento generale, che fece vieppiù ardente la brama dell'indipendenza.

Questa passione che sin dal 983, e molto più nel 1106 aveva gettato molte scintille, nel XII secolo tanto divampò da fare sì rapidi progressi, che non la Lombardia soltanto, ma le altre principali città dell'Italia erano giunte a scuotere il giogo de' lor tiranni, a far fronte alle armate dei principi alleati, a formarsi una costituzione libera e adattata a ciascuna repubblica. Lo studio del diritto comune contribuì grandemente ad avvivare le idee più precise della giustizia e della saggezza de' governi. Si arrossì allora dell'obbedienza accordata sì a lungo a leggi barbare, a leggi forestiere, fossero pur esse o Bavaresi, o Lombarde, o Saliche, o Alemanne, o Rissuarie. Le sole leggi romane furono rimesse in tutta la loro attività. Videsi tosto ristabilito il buon ordine, suscitato lo spirito d'industria, le arti divenute un oggetto di attenzione, l'agricoltura incoraggiata ed onorata, la popolazione accrescersi sensibilmente, le ricchezze procurare i comodi ai cittadini e abbellir la città; infine la felicità sociale estendersi per ogni dove. Ma per una fatalità umiliante, a questo quadro animatore ne troviamo posto dirimpetto un altro di un genere affatto opposto. Allo spirito d'indipendenza si associò tosto l'abuso della libertà, dell'eguaglianza, e quindi ne nacque la discordia, il disordine. Si cercò un pronto rimedio, e si credette di averlo trovato, affidando le redini del governo ad un qualche personaggio noto per la sua probità, per la sua prudenza, ed i suoi lumi. E perch'egli meglio potesse tener in mano la bilancia della giustizia, senza che legami di sangue, di amicizia, di consuetudine o di riguardi potessero farla tracollare più da una parte, che dall'altra, si volle fin anco sceglierlo in una delle città vicine ed amiche. I Veneziani, che godevano della più alta riputazione per il loro sapere nel diritto comune, furono chiamati come rettori o podestà per giudicare sulla base della giurisprudenza Romana. Il primo che in questa qualità si vede inscritto ne' pubblici veneti registri, è Matteo Quirini, che nel 1186 fu chiamato per podestà a Treviso. Trovasi poscia una lista assai lunga di patrizj Veneti egualmente chiamati in tutte le città d'Italia. La repubblica di Venezia aderì sempre a tali richieste, senza aver mai d'uopo di farne agli altri per sè. La ragione è semplicissima. Un giudice estraneo conviene infinitamente in una Repubblica, che sia turbolenta e corrotta, ma in una dove le saggie leggi ed i buoni costumi sono rispettati, i proprj concittadini sono sempre i migliori amministratori della comune giustizia. I Veneziani non furono soltanto chiamati a rettori, ma anche a mediatori per acquetare le discordie civili fra le diverse fazioni. Padova, Verona, Milano, Bologna la dotta, ed anche

Firenze e Pisa ebbero prove del loro sapere, e della loro finezza nel maneggio degli affari anche i più difficili. Felici que' popoli se avessero sempre conservato simili rettori, simili mediatori; ma sventuratamente quelle stesse Repubbliche così pronte ad armarsi contro tutti i principi, che potevano portar qualche ombra alla loro libertà, non istettero menomamente in guardia contro alcuni ambiziosi cittadini, che non avendo se non poco o nulla di proprio, e quindi trovandosi alla stessa condizione di tutti gli altri cittadini, non ispiravano verun timore. Da ciò appunto successe che alcuni tra loro dominati dalla passione dell'autorità, cominciarono a porsi alla testa delle fazioni, mostrando molto coraggio nel condurre le armate alla vittoria, si fecero eleggere podestà, ciò che equivaleva a signori o principi di quelle città, ed acquistarono in tal modo un grandissimo ascendente sopra il popolo. Gl'imperatori ed i papi volendo essere i padroni dell'Italia, senza però aver forze sufficienti per tenerla soggetta, dovettero nominare come loro vicarj que' medesimi signori, che avevano già quasi ogni cosa usurpato. Sotto un tal titolo intendevasi un libero dominio col carattere di una dipendenza lontana. In seguito questi vicarj si rendettero padroni assoluti di tutte le provincie; e le repubbliche italiane finirono nella stessa maniera, che quelle de' Temistocli e degli Epaminondi.

Il primo che diede in Italia un tale esempio di sovranità, si fu Ezzelino da Romano, il quale nel 1237 dopo di aver acquistato Verona, Vicenza e Padova, ne prese le redini del governo da despota. Si propose imprese da superar quelle di Carlo Magno, e si computò sicuro di rendersi padrone di tutta la Lombardia. Possedeva egli tutti i talenti necessarj per l'esecuzione de' suoi vasti disegni; ma per una fatalità naturale a tutti i despoti, credette, come gli altri, che l'autorità si stabilisca, si conservi ed aumenti col terrore, e coll'immagini de' tormenti, a cui sarebbero esposti i vinti ed i ribelli. Furono appunto le sue estreme crudeltà e la sua aspra tirannide, che determinarono il pontefice Alessandro a formare una crociata nella Lombardia contro questo figlio di perdizione, contro quest'uomo di sangue riprovato dalla fede. Invitò anche i Veneziani, i quali vi concorsero e per l'amor della libertà, e per l'inquietudine, che produce sempre la vicinanza di un tiranno.

Ezzelino spiegò nel corso di questa guerra un valore mirabile; ma la superiorità di forze de' nemici, ed il tradimento de' suoi partigiani lo fecero succombere nel 1260. La vendetta si estese sopra tutti gl'individui anche innocenti della famiglia da Romano; tutti indistintamente furono crudelmente trucidati.

Allora le principali città coi loro territorj ressero i loro affari, e si stabilirono in repubbliche; ma non seppero consolidarsi in guisa, da impedire che altri ambiziosi usurpassero di nuovo l'autorità. Tra questi primeggiarono particolarmente i Carraresi, i Visconti, gli Scaligeri. Non ci arresteremo che su questi ultimi, per non allungar di troppo la narrazione.

Gli Scaligeri nel 1334 erano risguardati come i principali signori della Lombardia; Mastino dalla Scala divenne capo della famiglia. Era egli uomo di spirito fino, intraprendente e poco delicato nella scelta de' mezzi, onde soddisfare alla sua insaziabile ambizione. Al dominio di Verona avea aggiunto quello di Vicenza, di Brescia e della Marca Trivigiana; con fraude avea cacciato i Rossi da Parma e da Reggio; avea preso al re di Boemia Feltre, Belluno e Ceneda; erasi impadronito di Lucca e di Luni nella Toscana, ed avea finalmente costretto i Carraresi a cedergli Padova, al cui governo pose il suo fratello Alberto.

Giunto a tal punto di grandezza, egli poteva ben contentarsi del godimento tranquillo de' suoi vasti possessi, della magnificenza de' suoi palagi, dello splendor della sua corte, del fasto e buon gusto delle sue feste, e de' suoi spettacoli, del vedersi circondato da ventitre principi da lui spogliati, di essere lodato anzi esaltato da tutti i dotti, de' quali la sua capitale era il centro, e di essersi infine attirata l'universale ammirazione. Ma che cosa v'è che basti ad appagar la sete dell'ambizione, massime in coloro, che da una sorte propizia furono innalzati oltre la nascita? Mastino avea tutt'altro che un'anima capace di difendersi contro le insidie, che sempre si ascondono ne' favori del destino. Prese un'aria orgogliosa, dura, sprezzante. Volle anch'egli dominare col terrore. Non usciva mai se non preceduto da duemila cavalli, e da duemila fanti colla sciabla sguainata alla mano. Si sospettò che aspirasse alla conquista di Ferrara e di Bologna, e di voler infine rendersi sovrano della Lombardia. Si disse persino che si aveva fatto lavorare una corona d'oro contornata di brillanti del valore di ventimila ducati d'oro e più. Che che ne fosse, egli certamente affettò un disprezzo generale, e cominciò a spiegarne gl'indizj anche riguardo alla repubblica di Venezia. S'impossessò delle terre de' signori di Camino, che in allora erano sotto la protezione dei Veneziani. Ordinò l'erezione di un forte sui confini delle lagune a Bovolenta, dove i Veneziani lavoravano il sale. E volle inoltre far deviare il corso de' fiumi a grave danno della nostra città e del suo commercio in Terra-ferma. Con questo contegno ostile Mastino pretendeva di mostrare ai Veneziani, ch'egli nulla temea di loro per l'esecuzione de' suoi divisamenti. Ma egli avea mal pesate le forze di questa Repubblica. È vero ch'essa nulla ancor possedeva sul Continente, ma era però tale tanto pel suo dominio sul mare, quanto per le sue ricchezze, e per la sua popolazione, da incutere timore nei confinanti. Essa tuttavia prima di venire alle vie di fatto, volle spedir ambasciatori a Verona per riconoscere le vere disposizioni di Mastino verso di essa, e avere dalla sua propria voce una risposta decisiva. In questo spazio di tempo dicesi, che un suo consigliere, chiamato Pietro Maranese, uomo prudente e illuminato, esortò vivamente il suo padrone a non disprezzare l'amicizia de' Veneziani, dimostrandogli principalmente, che un despota fa la guerra con gran discapito contro una repubblica, perchè gli ordini e le deliberazioni di lui avendo fine colla vita, i sudditi non si sottomettono che a forza a que' sacrificj; quando all'opposto quelli delle repubbliche essendo ordini tanto durevoli quanto l'esistenza di esse, hanno il consenso del popolo, la cui gloria divien nazionale; che nel primo caso è indifferente ai sudditi, per non dir desiderabile, il cangiar sovrano; non potendo nulla di peggio per essi accadere, essendo già sottomessi alla sola sua volontà; nelle repubbliche all'incontro la felicità dell'indipendenza è sì dolce che tutti concorrono per conservarla, ed è quasi impossibile di soggiogarli. Pietro avea un bel dire; nulla potè scuotere la determinazione di Mastino contro i Veneziani. Forse (come alcuni pretendono, e l'esito delle cose rese probabile) Mastino era anche sollecitato dai Carraresi, che per interesse e per vendetta speravano di precipitar per tal modo nella sua rovina il tiranno, riguardato con ragione da essi come il loro più gran nemico. Mastino rispose dunque ai deputati Veneziani in modo altissimo; giurando di non voler per nulla modificare quanto avea risoluto. Pure conoscendo quanto utile gli era di temporeggiare, aggiunse che spedirebbe tosto egli stesso un suo deputato a Venezia a fine di esporre al Senato la sua ultima volontà. Questi giunse di fatto, ma venne tosto congedato coll'intimazione di guerra.

Il doge Francesco Dandolo, benchè uomo belligero, e attissimo a dirigere le operazioni guerriere, non vedeva che con dolore la necessità di venire all'armi. Era persuaso che niente vi fosse di più dannoso ad una nazione commerciante quanto l'interruzione della pace; che il meschiarsi tra quelle fazioni, che dominavano allora il Continente agitato da discordie civili, recar potrebbe gravi sciagure anche al suo paese; e che niente infine poteva compensare le spese e i rischi di una sterile guerra. Venezia infatti non possedeva allora alcuno stato in Terra-Ferma, nè pur per poco aspirava ad averne; riguardando ciò come un pericolo di diminuire l'amor della patria per l'amor delle ricchezze continentali, come una distrazione alla sopravveglianza delle leggi, e come una probabilità di perdite maggiori ad ogni rinnovazione di guerra. Nel caso presente dovea essa cimentare le sue forze pel solo piacere di rovinar le terre dei suoi nemici, per dovergliele poscia rilasciare senza proprio profitto. D'altra parte il Dandolo era ben lontano dal voler tollerare affronti e ferite alla dignità della Repubblica. Studiò adunque il modo di salvar tutte le convenienze. Dopo un maturo esame raccolse il Senato, e cominciò dall'esporre colla maggior eloquenza tutti i vantaggi, che si traevano dall'impero del mare. Fece vedere che le sole forze marittime avevano recato ai Veneziani tutto il loro potere, e sparso il loro nome in tutto il mondo. Richiamò alla memoria di ognuno i principj gloriosi della Repubblica, base immobile sulla quale dopo tanti secoli si reggeva il sublime edificio: l'amor della pace e della tranquillità avea popolato queste lagune, ed i cittadini nutriti con tali idee, ne avevano contratto l'abitudine. Fece osservare che quantunque Venezia coll'andar del tempo fosse cresciuta in forze ed in autorità, essa però non avea prese mai le armi in mano che per vendicarsi delle ingiurie, o per dar ajuto agli amici, non mai per ambizione di dominio, o d'ingrandimento dello Stato. Combattè contro i Francesi, quando Pipino pretese di soggiogarla; contro gli Unni, che, malgrado la loro forza, mise in fuga; contro i Genovesi, che non cessavano di molestarla. Pure ad onta di tutti i riportati trionfi ebbe sempre la prudenza di conoscere, che la pace ed il mare erano le sole e vere sorgenti di sua prosperità, e che la posizione della città, e le antiche sue instituzioni le ingiungevano l'obbligo di non deviare giammai da questi principj: essersi perciò sempre astenuta dal mirare al Continente, siccome cosa di somma difficoltà, e d'immensa spesa, richiedendosi eserciti, armate bastantemente forti e bene disciplinate per poter penetrare sul territorio altrui, seguire il corso delle vittorie, e conservar le sue conquiste. Aggiunse l'esempio di molti antichi popoli, che malgrado la forza delle loro flotte, e la loro superiorità sul mare, non si erano però mai arrischiati di estendere i limiti del loro impero sul Continente. Atene stessa, ed altre città della Grecia, donde forse ebbe origine l'arte della costruzion navale e la nautica, si contentarono del loro dominio marittimo, senza mai pretendere alle conquiste terrestri. La Repubblica di Venezia perseverando sempre ne' suoi principj, ne' suoi studj, ne' suoi esercizj nelle cose soltanto di mare, era divenuta florida e ricca. Essa avea potuto altresì prevalersi della decadenza dell'impero d'Oriente per impadronirsi esclusivamente del commercio del Levante, occupare una porzione importante di Costantinopoli (città utilissima alle imprese di mare), metà dell'impero della Romanìa, e sottommettere alla sua obbedienza varie Isole e Porti. Pure nonostante queste illustri azioni, essa si era rimessa tosto ai suoi antichi usi; avea deposte le armi, ripreso il commercio, e tutte le sue nuove conquiste non furono, per così dire, riguardate che come un mezzo di facilitare ed accrescere ogni genere di traffico. Dopo queste osservazioni il Dandolo esortò il Senato a seguire anche nella circostanza d'allora le medesime traccie, non dando retta a consigli nuovi e rischiosi, comecchè nobili ed elevati nell'apparenza; e suggerì che, anzichè impegnarsi in un'aperta guerra offensiva, si tagliasse ogni comunicazione col Continente, e si custodissero accuratamente tutte le imboccature de' fiumi, affinchè nulla potesse uscire, od entrare nel paese nemico. Con questa specie di blocco venendo esso privato delle cose necessarie alla vita, era probabile che si fossero ben presto udite proposizioni di pace.

Parea che l'opinione del Doge non dovesse incontrare obbietti; poichè potendosi soggiogare un nemico senz'armi, è folle chi nol fa. Nondimeno un Senatore si alzò dal seggio, e montò la Tribuna per esporre un'opinione da quella affatto diversa. Cominciò egli pure dall'esaminare il momento della nascita di questa Repubblica, allorchè le barbare nazioni del Settentrione vennero ad immergere nella schiavitù la sciagurata Italia, e ve la ritennero per lunghissimo corso di anni. Che se le armi possentissime dell'Impero Romano nol poterono difendere dal furore straniero, che cosa mai far poteva allora una nascente repubblica, senza forza e senza mezzi di nulla intraprendere? Non fu dunque per principj, ma per sola necessità, ch'essa dovette conservarsi tranquilla, e non pensare ad altro che a' suoi negozj. Ed allora quando fu tanto felice di mettere in fuga prima i Francesi, poscia gli Unni, penetrati entrambi sino nelle nostre lagune, non sarebbe forse stata una grande imprudenza, ed anzi una vera pazzia, di osar d'inseguire quelle due formidabili nazioni, essa ch'era ancor debolissima? E allora quando Carlo Magno ebbe discacciato dall'Italia questi così detti Barbari, e la ebbe sottomessa agl'Imperatori d'Occidente, come mai la Repubblica di Venezia avrebbe potuto opporre le sue armi a quelle de' Francesi e de' Tedeschi insieme uniti? Sin allora dunque essa non poteva mai pensare alla Terra-ferma, e ad estendere i suoi possessi sul Continente. Ma quando col tempo tutte le circostanze furono cambiate, quando gl'Imperatori ed i Papi non seppero più difendere i loro Stati; quando le Provincie della Lombardia cangiarono l'amore dell'indipendenza e della libertà in quello della vendetta e delle discordie civili; allorchè alcuni uomini intraprendenti cominciarono ad usurpare l'autorità, senza però che nessun di loro sia stato capace di farsi sovrano dell'Italia, e nemmeno della Lombardia, se allora la repubblica di Venezia, divenuta grande e potente in forza ed in credito, avesse preso vigorosamente le armi in mano contro questi deboli tiranni, non v'ha dubbio che non li avesse vinti facilmente. E se dopo di avere cooperato alla liberazione di quelle provincie, ed averle riunite in tante repubbliche, essa avesse pur anche annesso a quelle il Milanese, la Romagna e la Toscana, formando di tutte insieme una lega di repubbliche confederate, è certissimo che nessun popolo forestiere al di là delle Alpi avrebbe potuto penetrare in Italia, e la tranquillità e la felicità di tutti gl'Italiani sarebbero state assicurate. Ma se non fu fatto abbastanza a questo grande oggetto, o se le altre repubbliche a loro danno non seppero concorrere alla loro sicurezza, ed approfittare degli altrui consigli, e degli altrui soccorsi, perchè dovrà la Repubblica di Venezia negliger per anche di formar truppe idonee alle terrestri conquiste, ed aggiugnere territorj ai suoi dominj marittimi? La storia però dimostra, che senza possedimenti continentali non puossi mai dar grandezza allo Stato. Vuolsi coll'esempio degli antenati perpetuar l'indolenza e l'abbandono? Ma quando parlasi di esempi, si è forse calcolato abbastanza la diversità de' tempi e delle circostanze? E se nulla v'è di eguale di quanto già eravi, non è mille volte meglio di regolar le azioni sulle solide basi di una matura ragione, anzichè sugli esempj, che possono mancare nell'effetto? E qui l'Oratore vivacemente esclamò, ricercando come mai può darsi che per evitare la guerra si abbia a tollerare, che un vicino intraprendente venga persino ai confini delle lagune ad erigervi forti, a porvi guarnigioni, a limitare il commercio, ad insultare la Repubblica con atti di autorità, a violare i suoi diritti, ad abusare della sua moderazione, per poi coprirla d'infamia. No no, niente di tutto questo può essere tollerato. È della maggior importanza il non soffrire, che la più menoma macchia s'inferisca alla dignità della Repubblica. Ogni nazione ha un interesse particolare di sostenere il proprio onore, ma più quelle potenze, che si conservano meglio colla riputazione e col credito, che colla forza. Conviene dunque rispinger vivamente ogni attentato contro di essa. Il privar il nemico del commercio, il chiudergli l'ingresso de' fiumi, sono ottimi mezzi, allorchè si tratta di una semplice difesa; ma contro un tal nemico conviene portar le armi, ed umiliarlo interamente. La protezione del cielo non può mai mancare in una guerra così giusta. Sarà inoltre facilissimo di trovar alleati, che ajuteranno a portarne il peso. I Fiorentini, la casa Visconti, i Signori di Este, i Gonzaga, que' da Camino, i Carraresi, tutti odiano Mastino della Scala; accorreranno tutti con sommo piacere a vendicare le loro ingiurie personali, e ad abbassare il tiranno. Come mai potrebbe egli resistere a tante forze contro di esso unite? Non v'è da dubitare, sarà ben presto compiutamente battuto, e costretto ad accettare la pace a condizioni le più dure. Non esservi dunque da bilanciare, la guerra è necessaria per sostenere i diritti della Repubblica, e per riparare le ingiurie sin qui vergognosamente sofferte.

Questa opinione pronunziata con tutto l'ardor della persuasione, attirò tutti i voti. Il Doge Dandolo mostrò anche in quest'occasione il suo nobile carattere, ed il suo vero zelo per la patria. Superiore alla bassa gelosia, lungi dall'esser disgustato della preferenza data ad un'opinione affatto contraria alla sua, non pensò omai più che a render gloriosa la guerra. Cominciò dal cercar alleati, e si rivolse tosto ai nemici o rivali del signor di Verona. Tutti per odio a Mastino avrebbero desiderato di concorrervi, ma troppo avvezzi a temerlo, non osarono in sul principio mostrarsi troppo apertamente. Pur da essi si ottennero uomini, cavalli, danaro, e il passaggio libero pei loro Stati. I soli Fiorentini alzarono la visiera, ed unirono le loro forze a quelle della Repubblica. I cittadini Veneti furono così animati per questa guerra, che un gran numero di loro offrirono di servire a proprie spese; di modo che si raccolse sollecitamente un'armata di più di trentamila uomini. Altro non vi mancava che un generale per condurla alla vittoria. Fur posti gli occhi su Pietro Rossi, che allor godeva la riputazione del primo guerriero d'Italia, e che inoltre essendo stato spogliato da Mastino della signoria di Parma, dovea essere animato da brama di vendetta. Fu dunque chiamato a Venezia, dove ricevette il comando colle solite formalità. Per timore però ch'egli non fosse tentato di adoperar le forze della Repubblica in proprio vantaggio, gli furono aggiunti due uffiziali col titolo di Provveditori Generali, incaricati d'invigilare sopra i suoi andamenti, e seguire ogni suo passo.

Il Rossi trasportò il suo esercito alla Motta, piccola terra della Marca Trevigiana su i confini del Friuli. Quando Mastino sì allora indolente per presunzione, seppe la marcia di quest'armata verso Treviso, levò tosto il campo di Pontremoli in Toscana, che teneva assediato, e venne in soccorso di Treviso. Per tal modo riuscì subito al Rossi di liberar Pontremoli, ove trovavasi la di lui famiglia in mezzo a mille angoscie. Indi passò la Piave senza opposizione: continuò la sua via sino al fiume Brenta, lo passò, si presentò sotto Padova, e vi provocò più volte il nemico per trarlo a battaglia, ma invano. Quindi per porlo alla disperazione, ordinò ai suoi soldati un incendio generale, ed un saccheggio senza pietà. Gli abitanti della Pieve di Sacco spaventati alla vista delle fiamme, mandarono oratori al Comandante, pregandolo di aver compassione di loro o di accettar la lor dedizione. Il Rossi accettò l'offerta, e volse il suo cammino per Bovolenta. Quivi ad un punto stesso vi giunse anche Marco Loredan colla sua flottiglia, di modo che la terra trovossi tosto bloccata da ogni parte. Le s'intimò la resa. Il Comandante rispose, che voleva difenderla sino all'ultimo sangue. Fu dunque attaccata vigorosamente; e benchè la resistenza fosse grande, dovette alfin cedere. Il castello di Bovolenta, come pure il nuovo Forte delle Saline furono distrutti sino da' fondamenti. Ma qui non finì la guerra, quantunque cessata fosse la cagione, che la promosse. Il Senato vedendo il prospero successo delle sue armi, risolse di continuar la guerra col massimo ardore.

Le operazioni de' Veneziani furono pronte e decisive: quelle degli Scaligeri lente ed infruttuose; ma v'era di peggio. Vedevano essi ognor più indebolirsi la fede de' loro sudditi; tutti indistintamente bramavano di passare sotto il dominio della Repubblica di Venezia. Oltre la somma riputazione del suo Governo, la risguardavano essi come abbastanza possente per non esser sì facilmente provocata a guerra, ed in caso di esserlo, capace di difendere i suoi Stati: di più; avendo essa continuato dominio, non eravi luogo a temere di sinistre novità per la morte, e per la successione de' sovrani; cosicchè tutti potevano vivere nel suo seno stabilmente felici. I primi che risolsero di scuotere il giogo degli Scaligeri, furono quelli di Conegliano, i quali spedirono deputati a Venezia ad implorarne il soccorso e la protezione. Vi aggiunsero la preghiera, che si volesse eleggere nel Gran Consiglio un podestà per governarli. Tosto dunque vi si spedirono truppe, ed il maggior consiglio elesse Pietro Zeno a podestà, che fu il primo mandato in Terra-Ferma a nome della Repubblica.

L'esempio di Conegliano aperse ai Veneti il cammino degli acquisti continentali. Ceneda co' luoghi soggetti ben presto si arrese: altre terre e castelli fecero lo stesso. Mediante un trattato, diventò Veneta la fortezza di Montebelluna, e coll'oro il castello di Musestre sul fiume Sile. Gli abitanti di Serravalle scossero egualmente il giogo degli Scaligeri, e con essi cadde anche il castel di Vidore.

Peggiorate le cose degli Scaligeri, ne avvenne che quegli stessi signori sin allora restii a mostrarsi apertamente favorevoli alla Repubblica, ne chiesero l'alleanza, temendo di non partecipare degli Stati degli Scaligeri al momento della pace. Allora si vide in Venezia uno spettacolo, che provò quanto un tiranno abbia tutto da temere, quando la fortuna lo abbandona. Ciò fu l'arrivo di sessanta ambasciatori di principi e di città, che a gara offrivano i loro servigj alla Repubblica.

La posizione di Mastino non poteva essere che penosissima; e ciò che l'accrebbe ancor più si fu, che mentre il Rossi batteva un corpo delle sue truppe vicino a Este, una terribile sollevazione di popolo era scoppiata a Padova. Mastino potè acquietarla sul momento; ma ben conobbe quanto fosse da temere per l'avvenire. Per arrestare il corso di tante sciagure e guadagnar tempo, ricorse al mezzo de' deboli, che pur qualche volta riesce, di trattar di pace. A quest'effetto mandò un ambasciatore a Venezia. Per sua disgrazia scelse Marsilio di Carrara, il qual avea saputo dissimular sì bene l'odio contro il tiranno, che ne godea la maggior confidenza. Marsilio arrivò a Venezia, e venne tosto ammesso all'udienza secreta del Doge. Egli espose i suoi progetti, i suoi disegui, indi aggiunse: che fareste voi se vi si consegnasse Padova? Il Doge immediatamente rispose: la rimetteremmo tosto nelle mani di chi ce l'avesse data. Ciò soddisfece tutti due. L'inviato del signor di Verona si presentò al collegio in grandissima cerimonia. Il Doge gli presentò i Preliminari della Pace. Marsilio, benchè d'accordo col Doge, disapprovò altamente la troppo grande severità della Repubblica, e pregò di moderare il rigore. Non avendo potuto nulla ottenere, si congedò per andar ad informarne il suo signore.

Mastino ben prevedeva che le proposizioni non potevano essere troppo moderate; ad ogni modo si lusingava che fossero tali da poter trattare; ma quando le intese, se ne chiamò estremamente offeso. Marsilio che cercava di sollecitare la sua rovina, fu uno de' più ardenti a consigliarlo di non accettare. Mastino infatti giurò di preferir di perdere ogni cosa colla spada alla mano, piuttosto che avvilirsi così.

Se tal infame maneggio da una parte fa orrore, è dall'altra un nuovo esempio di ciò che tosto o tardi accade ad un malvagio principe. I suoi più intrinseci il tradiscono; non lo adulano che per farlo cadere nelle insidie; i suoi sudditi, schiavi infelici, portano il giogo gemendo, ed attendono ansiosamente il momento della sua caduta per infrangere le proprie catene, e calpestar colui, che gli aveva incatenati. L'umanità e la natura s'interessano alla rovina del tiranno.

Il general Rossi non era intanto rimasto ozioso. Avea portato lo sterminio nel Padovano. Marsilio Rossi fratello del Generale era passato nel Mantovano, ed unite alle sue forze quelle di Filippo Gonzaga, e di Lucchino Visconti, diresse la marcia contro Verona, mentre Carlo figlio del re di Boemia cominciava l'assedio di Feltre. Attaccati gli Scaligeri da tutte le parti, si trovarono incerti a qual partito appigliarsi. Finalmente Mastino ch'era in Verona, secondando il suo violento carattere, ordinò che tutti gli abitanti dovessero uscire armati dalla città, per decidere in una battaglia generale il destino della sua famiglia e della sua vita. Gli alleati conoscendo che un tal nemico non potrebbe lungamente resistere al peso di una lunga guerra, non vollero esporre al rischio di una battaglia una riuscita sicura, e per ciò si ritirarono a poco a poco, cagionando su tutti i territorj grandissima rovina.

Mastino scioccamente interpretò questa saggia circospezione per una prova di timidezza, e se ne gloriò come di una ottenuta vittoria. Pensava d'inseguire il nemico, quando venne arrestato nella sua marcia dalla nuova, che Lucchino Visconti aveva cominciato l'assedio di Brescia. Vi accorse tosto per cercar di liberare quella città.

Marsilio di Carrara, che non aspettava che qualche occasione favorevole per l'esecuzione del suo disegno di dar Padova in potere dei Veneziani, credette esser giunto il momento opportuno. Col mezzo de' suoi Mandatarj concertò ogni cosa col Rossi, il quale immediatamente entrò nella città colla sua truppa senza trovarvi la menoma opposizione. Gli abitanti che videro in sicurezza le lor proprietà e la vita, andarono giulivi ad incontrare i loro liberatori. Si radunò il popolo, ed il general Rossi a nome della Repubblica di Venezia ordinò di riconoscere Marsilio di Carrara come il vero Signor di Padova. Il popolo vi applaudì con trasporto. I soldati Tedeschi furono licenziati sulla loro parola; gli altri vennero custoditi gelosamente. Furono mandati prigionieri a Venezia il rettore di Padova, ed il comandante Alberto dalla Scala.

Mastino si disperò, udendo la perdita di Padova, e la prigionia di suo fratello, vedendo così accresciute le difficoltà di una disposizione per la pace. A queste triste nuove si aggiunse pur quella che le truppe del re di Boemia avevano preso Feltre e Belluno, e quelle del Visconti avevano ricevuto la dedizione di Brescia e di Bergamo. Quest'è ciò che accade ne' rovesci della fortuna, quando non trattasi della difesa della propria libertà. I sudditi sono indifferenti, qualunque siasi il sovrano; non bramano che la pace, e si danno più facilmente a quello, da cui più temono di venir sottommessi colla forza; si lusingano inoltre con questa fede simulata di ottenere grazia al nuovo Signore.

I Veneziani non poterono abbandonarsi alla gioja per tanti vantaggi, come seppero la perdita del loro valoroso generale Pietro Bossi nell'atto che dirigeva un attacco al castello di Monselice. La stima giustamente meritata di questo valente uomo fece credere al Senato, che non si potrebbe meglio scegliere un nuovo Comandante, che nominando un fratello di lui. Ma Marsilio Rossi era prossimo a chiudere anch'esso i suoi giorni. Non restava adunque che un terzo fratello chiamato Orlando, che trovavasi allora all'assedio di Lucca, e che godeva pur esso di una grandissima riputazione. Orlando venne chiamato: ei giunse; e tosto si recò sotto Monselice, il cui assedio non era molto avanzato. Incoraggia le sue truppe, vince tutti gli ostacoli, marcia verso Verona, mette il fuoco in ogni parte, e costringe Mastino a fuggire. Tutto questo fu fatto con tanta vivacità, con tanta prestezza, che i soldati stessi si sentirono trasportati da vivo entusiasmo pel loro nuovo Generale. Questi approfittò del loro ardore per condurli subito alla conquista di Vicenza; e mediante un'intelligenza con alcuni cittadini, nottetempo s'impadronì de' borghi. Le speranze di Mastino caddero allora a terra. La maggior parte de' suoi Stati erano già in possesso del nemico, il resto trovavasi in grave pericolo. Ciò che metteva il colmo alla sua disperazione, era il vedersi tradito non solo da' sudditi e confidenti, ma fin anche da' propri congiunti. Convocò egli un'assemblea di consiglieri, e de' principali comandanti, i quali tutti opinarono per la pace, e particolarmente colla Repubblica di Venezia, che per la forza e per la vicinanza poteva più nuocere. Oltrechè essendo essa alla testa della Lega, ne veniva di conseguenza, che la pace con essa avrebbe sciolta la Confederazione. Mastino privo di risorse accettò il consiglio, e chiese pace alla Repubblica. Questa, che prevedeva nella rovina degli Scaglieri il temuto ingrandimento de' Visconti di Milano, non fu sorda alla dimanda. Le condizioni però non potevano non essere gravose al nemico; poich'essa dovea soddisfare agli alleati, e compensar sè medesima dalle spese della guerra. In questo trattato non meno, che nella guerra essa fece la principal figura. I Confederati, che avevano da prima ricevuti i di lei ordini, allora divennero come i suoi protetti.

Propose essa dunque gli articoli seguenti. Feltre, Belluno, Ceneda co' loro rispettivi territorj apparterrebbero a Carlo figlio di Giovanni re di Boemia, che n'era stato prima in possesso. Padova col Padovano resterebbe ai Carraresi; ed inoltre a premio de' lor servigi godrebbero pur anche Castel Baldo e Bassano. I Visconti Brescia e Bergamo co' lor territorj. I Fiorentini avrebbero quattro delle piazze, che aveano perdute; ed i Veneziani per compenso della guerra, otterrebbero Treviso e la Marca Trevigiana. Mastino a suo marcio dispetto dovette sottoscrivere questi articoli. Benchè in quest'accordo i Veneziani avessero operato da vincitori, pure l'apparente moderazione loro non avendo ritenuto che una piccola porzione delle loro conquiste, attirò loro la benevolenza di tutti gli alleati. Pure questa porzione era realmente importantissima; poichè era una porta aperta per potere all'occasione (come l'esperienza l'ha provato) acquistare più vasti dominj sul Continente.

Il giorno 24 di gennajo dell'anno 1339 segnossi la pace a Venezia nella Chiesa di san Marco, dinanzi l'altare di questo Vangelista, in presenza del Patriarca di Grado, dei Vescovi di Castello di Città-nova, di Caorle, del Primicerio di san Marco, di tre Procurotori di san Marco, con un immenso concorso di Popolo e di Forestieri in folla intervenuti per essere presenti a quest'atto di comune allegrezza.

Tutti i detenuti nelle prigioni furono liberati; e nel giorno 12 febbrajo il principe Alberto dalla Scala con quanti tra' suoi aderenti erano stati fatti prigionieri, partì da Venezia accompagnato da sei nobili Veneziani. S'intese con quest'atto di rispetto di recar qualche conforto ad un principe sventurato. Mastino, che venne ad incontrarlo, rimase egli stesso così preso da un tratto di tanta generosità, che si riconciliò sì bene co' Veneziani da chiedere di venire ascritto nel Libro d'Oro di quella stessa Repubblica, che lo avea quasi per intero spogliato de' suoi Stati.

Nel giorno de' 14 di febbrajo fu pubblicata la pace col suono delle trombe anche in tutte le città della Lombardia. Ciascuna allora si fe' sollecita di celebrar i meriti del principe al quale fu sottommessa, e di manifestare co' maggiori segni di esultanza la felicità di appartenergli; di modo che, mentre Verona, Vicenza, Parma e Lucca vantavano la loro buona sorte di essere rimaste nelle mani degli Scaligeri, le altre Città si abbandonavano alla massima gioja per esserne state liberate, e per appartenere ad altri principi: l'adulazione e l'interesse operano sempre così.

La Repubblica di Venezia, che avea sì gloriosamente trionfato in questa guerra, volle pur anche distinguersi nella magnificenza delle sue Feste. Una superba Giostra in piazza di san Marco accrebbe l'esultanza di un Popolo, che allora la prima volta si vide in diritto di poter da qualche parte premere il vicin terreno con piè di padrone. Ad aggiugner lustro allo Spettacolo concorsero que' sessanta Ambasciatori, de' quali abbiamo altrove parlato, che vestiti in abito di tutta gala vennero collocati su distinti sedili, facendo pomposa corona al Doge.

Poscia che tutte le feste furono compiute, si volle pur anche decretare una Festa annua il 14 febbrajo giorno della pubblicazione della pace. Non potrebbesi segnare in che consistesse; ma certo doveva avere qualche cosa di distinto, poichè sotto l'apparenza di celebrare i primi acquisti della Terra-ferma, si volle eccitare tutti i Cittadini, ond'esser pronti ad ogni nuova occasione a concorrere coi maggiori sforzi a vantaggio ed ingrandimento della Repubblica.

Se col progredir del tempo venne dimessa l'annua rinnovazione della solennità, ciò fu perchè gli ulteriori acquisti fecero parer tenue quello di Treviso e del suo territorio, e andò, come suole, in dimenticanza, che da esso aveva preso i primi auspizj il successivo ingrandimento dello stato Veneto sul Continente. Ma se non vi fu un'annua Festa, perchè, si dirà da taluno, distendersi così a lungo su tale argomento? Perche essendo appunto quest'epoca memorabile, in cui ebbe principio il gran cambiamento nel sistema commerciale marittimo ed anche politico di Venezia, parve utile l'esporre alquanto diffusamente le ragioni, che lo hanno determinato, le quali servire pur anche potranno per le successive occasioni di nuovi acquisti Continentali, il che può far trovar indulgenza presso que' Leggitori, che amano di conoscere le cause, che partoriscono grandi effetti.

Festa di San Marco.

La prosperità sempre crescente della Repubblica di Venezia anche ne' primi suoi secoli, aumentato aveva nel cuore de' buoni Veneziani la venerazione e l'amore verso il suo illustre Protettore il Vangelista san Marco. Parea loro di essere felici in possedere il sacro suo Corpo, che si custodiva colla maggior gelosia per timore di furto; poichè nei secoli rozzi era impresa bella e gloriosa il rubarsi a vicenda le sante reliquie, come ne' secoli inciviliti si fu lo spogliarsi l'un l'altro delle ricchezze, e de' monumenti già splendidi delle Belle Arti. Per questa ragione appunto eransi nascoste le spoglie di san Marco sotto il secreto il più misterioso, di cui il Doge e poche altre persone aveano contezza. Due secoli erano passati dopo questo fortunato acquisto. Veneravasi il Santo, ma niun si curava più di pensare al luogo dove fosse depositato. Allorchè nel 1094 l'imperator Enrico V animato da una singolar divozione per esso risolvette di venir espressamente a Venezia per visitarlo. Si presenta adunque al Doge Vital Falier, e lo prega a volergli permettere, onde veder lo potesse. Il Doge vi acconsente, ed insieme discendono nel sotterraneo della Chiesa, s'incamminano verso il luogo, a cui corrisponde nel dissopra l'altar maggiore. Ma come descrivere la sorpresa e il dolore di entrambi nel non rinvenire ciò che tanto bramavano? La disperazione del Doge si manifestò così vivamente, che tosto tutta la città fu immersa nella più profonda tristezza. Per fin si diceva che non eravi più nulla a sperare pel ben pubblico, e l'avvilimento erasi renduto universale fra quel Popolo stesso, che in epoca di poco anteriore avea mostrato uno spirito forte, giusto, illuminato col non prestar veruna credenza all'opinione generalmente ricevuta, che il mondo sarebbe finito collo spirar del decimo secolo: opinione che avea immerso sempre più nella ignoranza, e in una brutale stupidità tutte le nazioni di Europa: poichè, dicevano esse, a qual pro estendere i lumi, acquistar cognizioni, raccoglier ricchezze, se tutto deve perire nell'incendio universale? I soli Veneti, il ripeto, non si erano lasciati accecare dalle tenebre generali; anzi aveano saputo trarne grandissimi vantaggi pel loro commercio dagli errori comuni. Ma a questo momento tutti gli sforzi ed i ragionamenti de' cittidini più illuminati non poterono menomamente rialzare gli spiriti abbattuti del volgo, nè ottenere verun successo. Alfine il Doge Falier, benchè egli stesso assai afflitto, procurò di rianimare il coraggio, e di richiamar ognuno alla fiducia, coll'ordinare un digiuno generale, orazioni in tutte le Chiese, ed una solenne processione per ottener la grazia da Dio Onnipotente di poter scoprir il luogo dove erano state deposte quelle sante Ossa, sia all'occasione dell'incendio della Chiesa al momento della congiura contro Pietro Candian, sia allora quando fu rifabbricato il Tempio. Il giorno 25 giugno di questo medesimo anno la grazia con tanto fervore implorata venne generosamente concessa; e tosto nel rivedere quel Santo Corpo, la tristezza si cangiò in una vera gioja universale.

Se qualche curioso volesse saper per minuto il mirabile di questo avvenimento, non ha che a scorrere le carte di molti nostri Cronisti, e troverà che Dio esaudì le pie ricerche de' Veneziani, "facendo (sono le parole di un di essi) che a cospetto del Doge e di tutti, che presenti erano, si spezzassero da sè stessi i marmi di quel pilastro ovver colonna, alla quale noi vediamo al presente l'altar di san Jacopo appoggiato; e, spezzati, si vedesse a muoversi pian piano, e a comparir a vista di ognuno una piccola Arca, che dentro chiuso e serrato teneva il santo Corpo: il quale con molto stupore visto, e, conforme al desiderio suo, ritrovato dal Doge e dal Senato, resero infinite grazie al Signore di un tanto dono ecc."

Comunque la cosa sia, certo è che il sacro Corpo di san Marco fu scoperto, e che una Festa annua fu decretata per solennizzare la memoria di sì gran beneficio. Venne inoltre ordinato ai più celebri Pittori della città di dipingere in tele il miracolo di questa felice apparizione; ed i Pittori posteriori si fecero pur essi una gloria di ripetere tal soggetto coi maggiori sforzi del loro genio, come possiamo anche oggidì mirare nelle loro opere.

Quanto alla Festa decretata, non è facile stabilire ciò ch'essa si fosse al suo principio; poichè dopo la nostra fatal catastrofe la maggior parte de' più antichi documenti andarono smarriti o derubati; ma è certo che deve essere stata magnifica, poichè tutto concorreva a renderla tale; primieramente perchè la divozione era allora più fervida che in presente: a quei tempi bastava l'annunzio di una qualche nuova Reliquia per attirarvi in folla i forestieri dai paesi vicini e lontani per adorarla: se poi vi si aggiungeva il racconto di un qualche miracolo, che la fama al solito aggrandiva, era maggior ancora il numero de' divoti, che accorrevano in queste lagune, e che stupefatti alla vista della grandiosità di questi Tempj, abbagliati dalla magnificenza de' sacri arnesi, e delle ricchezze immense in ogni genere, commossi dall'esemplarità delle nostre cerimonie religiose, riguardavano la casa di Dio come degna di Dio stesso, i suoi ministri come persone scelte da lui, ed il Governo Veneto come una diramazione del suo potere infinito. I Veneziani accortissimi seppero attingere anche da questo sacro fonte vantaggi grandissimi. Alle fiere ed ai mercati annui e settimanali, ne aggiunsero altri ancora ai quali diedero il nome di Sagra. Era questa un'annua Festa, che si solenneggiava sia per celebrare qualche riportata vittoria, sia per onorare il Santo Tutelare della Chiesa, in cui contenevasi qualche reliquia, o il Corpo del Santo. E per vieppiù soddisfare il pio fervore de' concorrenti, erasi ottenuta dal Pontefice una qualche Indulgenza per chi avesse in quel giorno visitata la Chiesa. Per tal modo accrescevasi il concorso, si moltiplicavano le elemosine nelle casselle, ed immenso era il consumo delle vittuarie nel circuito della Sagra; cosicchè era d'uopo di ricorrere a mezzi straordinarj per supplire ai bisogni di tutti. Quindi vedevansi tosto sul luogo Osti, Vivandieri, Fruttajuoli in copia. Nè basta ciò: vi s'introdussero a poco a poco e Ciambellaj, e Fantocciaj, e Calzolaj, ed altri mestieri i più acconci agli usi ordinari della vita, ed anche di quelli, che servono alla moda ed al lusso. Nè vi mancavano particolarmente negli antichi tempi, i narratori di Storie, le compagnie volanti di suonatori e cantatori, e perfino gli astrologhi e i ciarlatani, che sopra un apposito palco vendevano ai numerosi ascoltanti polveri, unguenti, rimedi soprannaturali, che nominavano la grazia di san Paolo; la polvere di san Valentino; i brevi contro la febbre ecc. Poscia più illuminato anche il Popolo, vennero le Belle-Arti a sfoggiare il loro magico potere. Quindi le Pitture di ogni genere, e singolarmente quelle de' nostri Artisti prediletti. La sera poi numerose Orchestre sparse qua e là facevano eccheggiar l'aria di suoni armonici. La quantità di lustri illuminavano le vie, come se fosse una continuazione del chiaro giorno: l'andirivieni era infinito, la letizia trovavasi in ogni luogo. Ed ecco come alla divozione vi si aggiungeva sempre la curiosità, la speculazione, il divertimento modificato in mille forme. La Sagra, o, per dirlo più nobilmente, la Festa di san Marco dev'essere stata certamente solenne, e magnifica più di tutte le altre. Sappiamo che le Arti per la somma considerazione in cui erano tenute, facevano più particolar pompa in questa solennità nella Chiesa di san Marco. Esse assunsero maggior splendore all'incirca nel XIII secolo, allora quando più per viste politiche, che per oggetto di perfezionamento furono costituiti in Corpi chiamati in prima Fraglie, indi Scuole Grandi, poste sotto la protezione di qualche Santo, ed assoggettate al Magistrato de' Provveditori di Comun, indi al Consiglio di X, che poteva meglio sorvegliarle. In questo giorno adunque, dopo cantata la Messa, e dopo che il Doge col suo seguito aveva preso il suo posto, si avanzavano processionalmente queste Corporazioni o Confraternite Laiche, che facevano a gara tra di loro nella ricchezza degli ornamenti. Sopra un Solajo portatile vedevasi eretto il Santo Protettore di ciascun'Arte; seguivano numerose Reliquie chiuse in oro, in argento, e contornate di gioje; quantità di Candelabri, di Aste, e di Turiboli preziosi per la materia, mirabili pel lavoro; bacini finalmente d'argento ampli e ricchissimi portati da alcuni de'

Confratelli, e ricolmi di torcie di cera bianca. Giunti questi dirimpetto alla Sedia Ducale si fermavano, ed il Capo di ciascuna Confraternita avea l'onore di presentar al Doge una delle torcie abbellita di pitture emblematiche intrecciate con fregi d'oro, fra' quali collocavasi con garbo lo stemma del Principe. Frattanto altri Confratelli distribuivano altre torcie men ricche al Clero, ed alla Comitiva del Doge. Siccome questa offerta ripetevasi da ogni Confraternita, ed il numero di quelli che doveano riceverla era considerabile, così per evitare la noja del lungo indugio, ciascuna Confraternita aveva un drappello di suonatori, che andavano frattanto alternando belle sinfonie.

Ci è tuttavia ignoto, se queste torcie fossero un tributo, od una spontanea offerta. Forse fu l'uno e l'altra, se pongasi mente a ciò che correva ne' primitivi tempi di questa instituzione. Egli è certo che i Dogi in allora si tenevano come persone partecipanti del sacro. Vedesi nelle Pitture antiche, e specialmente ne' Mosaici della facciata di san Marco, che il Doge ha sul capo, non già il Corno Ducale, ma una Mitra piramidale somigliante a quella de' Pontefici. Documenti infiniti ci attestano, che i nostri Dogi esercitavano in certe occasioni alcuni atti riserbati puramente all'autorità papale, come sarebbe, per esempio, quello di dar la benedizione al Popolo alla foggia de' Papi. Essi inoltre si credevano autorizzati a trasferir da un luogo all'altro le Sedi Vescovili. Ed infatti un di loro trasportò a Chioggia il Vescovado di Malamocco; un altro quello di Malamocco a Murano. Essi fin anche pretendevano di avere la facoltà di scomunicare. Tribuno Memo Doge nel 979 donò l'Isola di san Giorgio Maggiore a Giovanni Morosini, erigendola in Abbazia, e nell'Atto di donazione aggiunse: se qualcuno osasse mai contravvenire a questo Decreto, egli sia punito colla scomunica. Pietro Orseolo Doge nel 991, nella Carta, in cui diede in dono alla Repubblica 12500 Ducati d'oro, termina dicendo che scomunicato sia e degno di andare all'inferno col traditor di Cristo quell'individuo della sua famiglia, che reclamasse un tal dono. Ed un Michiel pure, per non parlar di altri, dopo avere innalzato la Chiesa ed il Convento di san Francesco del Deserto, e messa a coltura quell'Isola, non dichiarò egli nell'Atto di donazione ai R. P. Zoccolanti scomunicato chiunque della sua famiglia avesse fatto valere diritto di proprietà sopra quel luogo? I buoni Padri però paurosi che la religione non venisse meno in quella famiglia, andavano spesso a visitarla e benedirla. Ma fu più per sentimento di umanità che per paura degli anatemi, s'essi vennero lasciati sempre godere del prodotto delle ubertose vignette, che abbellivano quell'Isole. Oh come que' buoni Religiosi apparivano giulivi, specialmente il dì che qualcuno della famiglia Michiel andava a visitarli, e ch'essi potevano trattarli con una semplice frittata in contrassegno di buona amicizia! Ma il loro destino è oggidì quello di tutti gli altri, e la famiglia benefattrice rimase così senza isola, senza benedizioni e senza frittate.

Del resto, non eran già soltanto l'effetto della semplice divozione i ricchi doni che facevano i Dogi ai Monaci e ai Frati, ma era piuttosto un sentimento di vero patriottismo, e di una sagacissima politica. Ben conoscevano essi quanta utilità traeva lo Stato da tali largizioni. Vedevano con ciò di giorno in giorno sradicarsi i canneti, ed i cespugli d'alga nella città; le acque stagnanti scorrer pe' canali chiare e veloci; gli spazj selvaggi e palustri ridursi in vigne pampinose, in orti fruttiferi; la popolazione accrescersi infinitamente; poichè alle sacre insinuazioni, ed alla magistrale eloquenza di que' ministri dell'altare, accorrevano al lavoro non già soltanto i divoti, ma i poveri, i vagabondi, i viziosi stessi anche del Continente, che trovavano qui alloggio, alimento ed ogni soccorso, qualora si facevano agricoltori ed artisti. Quindi sursero que' Templi magnifici, ornati di preziosissimi marmi, di statue, di tele mirabili; que' sacri arnesi che abbagliavano; que' Conventi vastissimi, e le Isole tutte sparse qua e là, divenute quasi Fortezze a difesa delle nostre lagune. Per tutti questi considerevoli vantaggi i Dogi si contentarono di un'assai modica imposta, e di qualche lieve contribuzione di persone al servigio dello Stato al caso di urgente bisogno. Ma insieme volendo dimostrar il loro diretto dominio sopra que' luoghi, andavano ogni anno con pompa a render loro, (come già vedemmo) una visita solenne. Chi sa che i Dogi stessi, prevedendo il pericolo che le famiglie rispettive dei donatori potessero un giorno reclamare que' terreni, come doni arbitrarj e insussistenti, dopo di aver cercato tutti i mezzi per assicurarne agli Ecclesiastici il possesso, non si sieno serviti anche di quello dell'anatema?

È certo intanto che, allora quando furono visti i Dogi accoppiare l'autorità sacra al potere civile ed esercitarne le funzioni, sursero non pochi Scrittori ad appoggiare (come sempre accostumasi) simile prerogativa, ed a provare ch'era giusta e ragionevole. Ciò che dice il Sansovino a questo proposito merita di essere ripetuto:

"E certo con ogni debito di ragione essi avevano (i Dogi) una tale autorità. Perchè se si riguarda alla Nobiltà di Venezia, la quale per la novità dell'origine sua, per la grandezza delle cose fatte da lei, per la forma del suo maraviglioso Governo, per l'accrescimento dell'impero, e per la copia delle ricchezze acquistate con virtuosa fatica e industria, sovrasta a tutte le altre città d'Italia; e se si riguarda anco ch'Ella ha edificato tanto gran numero di Chiese, di Monasteri, di Spedali, di Oratorj, ed altri luoghi pii dotati da lei, e che ha finalmente ridotto a coltura le paludi, ove sono le dette Chiese, riparandole di continuo dall'impeto de' fiumi, e furia del mare con spese eccessive a beneficio della religione e de' luoghi sacri, non dovrebbe parer cosa stravagante, se il Principe avesse la cura particolare come di cosa sua propria ecc."

I Dogi a questo modo adulati andarono forse un po' troppo avanti, ed estesero troppo le loro pretensioni. Ma questo è proprio dell'uom potente: l'ambizione e l'orgoglio gl'inspirano un tal amor del potere, che non gli lasciano più riconoscerne i limiti, ed è incapace di metter da lui stesso il freno alla sua autorità. E forse coll'accettar l'omaggio delle sopra mentovate torcie, si credettero anzi in diritto di esigerle come un tributo somigliante a quello, che offrivasi alla divinità. Erano queste una specie di Fuoco sacro, che gli antichi conservavano sì gelosamente nelle loro magioni: e infatti ci voleva un gran corso di giorni prima che torcie sì grosse venissero a consumarsi. Che se ci piacesse di riguardarle come un semplice dono, qual cosa v'è più pura della cera bianca e raffinata, simbolo del candore de' sudditi fedeli ed affezionati al loro Sovrano? Nè deve tampoco fare stupor la semplicità dell'offerta, quando vogliamo aver riguardo ai tempi della sua instituzione. Nelle varie differenze insorte fra Alfonso re di Napoli, e il Duca Cosimo de' Medici, quest'ultimo coll'inviare al monarca un bel Tito Livio manoscritto, ottenne di ristabilire con lui la buon'armonia di prima. Ed Enrico re di Svezia riuscì con certi bei detti, e con acute risposte a rendersi amico Frottone re di Danimarca, ch'eragli suo nemico dichiarato. Non ridiam pertanto della tanta semplicità di que' tempi, e confessiamo piuttosto che, malgrado i vantaggi de' nostri secoli illuminati, sono molto a invidiarsi quelle età, nelle quali il dono di alcune torcie, d'un libro latino, ovvero alcuni bei detti erano bastanti a conservar l'affezione fra i sudditi e i sovrani, a ridonare la pace fra gli Stati, e la felicità ai Popoli.

Allorchè le vittorie della Repubblica ebbero moltiplicate le Feste civili instituite per richiamare alla memoria le epoche più gloriose, fu stabilito di ridurre le tre, che si celebravano in onore del nostro Protettore San Marco, a quella sola del giorno del suo nome. Parve tuttavia opportuno di ritenere alcune delle antiche formalità, aggiuntovi però quello splendore e quella magnificenza, che per lo successivo aumento di potere, eransi ormai universalizzati in Venezia. Il corteggio del Doge divenne più pomposo; giacchè v'intervennero altresì gli Ambasciatori delle Corti estere. Non più la Messa fu celebrata da un Vescovo, ma dal Patriarca. Le Confraternite antiche dovettero cedere il primo luogo a quelle chiamate Scuole Grandi instituite posteriormente, le quali sfoggiavano in quel giorno ricchezze sorprendenti.

Infine, terminate le lunghe cerimonie in Chiesa, rientrava il Doge nel suo palazzo, dove tratteneva seco a banchetto il suo augusto corteggio. E perchè tutte le classi potessero indistintamente goder il piacere di assistere a questo banchetto, e per aumentare inoltre la letizia di questo giorno, erasi permessa la maschera della Bauta e Tabarro. Questo vestito, ch'era il prediletto della nazione, veniva in tal giorno indossato con un particolar entusiasmo: le strade, le piazze, i luoghi pubblici erano riempiti di gente; tutti approfittavano di una permissione, che rendeva più gajo e più brillante questo bel giorno, senza che mai nulla di sinistro turbasse il bene generale.

Festa per la scoperta

## DELLA CONGIURA DEL DOGE MARIN FALIER.

La Repubblica di Venezia l'anno 1354 stava in mezzo alle vicissitudini della guerra e della pace, delle vittorie e delle perdite, ed inoltre era dolentissima per la morte del suo capo Andrea Dandolo, che meritato avea il pianto di ogni ordine di Cittadini. I suoi meriti personali gli aveano conciliato la confidenza e la venerazione di tutti i sudditi dello Stato, ch'egli avea con somma saggezza governati, ed i suoi lumi e la sua dottrina l'aveano reso riputato e celeberrimo anche presso gli estranei. Egli infatti fu uno de' più scienziati uomini del suo secolo; il primo, e forse il migliore storico della sua nazione; il primo pur anche tra i nostri patrizj, che sia stato annoverato tra' dottori, ed uno degli amici più cari dell'immortal Petrarca.

Essendosi riflettuto che i grandi vantaggi, da' quali la sua amministrazione era stata accompagnata, eran piuttosto frutto de' suoi prudenti consigli, della coltura e penetrazione del suo spirito, del zelante e puro suo patriottismo, anzi che delle militari azioni, assai spesso troppo esaltate, si cercò tra i superstiti Repubblicani, quello, che potesse più degnamente venirgli sostituito. Marin Falier benchè in età di ottant'anni ottenne tutti i suffragi. I suoi talenti lungamente esercitati ne' primarj impieghi della Repubblica, la sua attività provata nelle ambascerie, e ne' reggimenti delle provincie, l'eloquenza spontanea, la saggezza prodonda, lo spirito vivace; aggiungasi le ricchezze, che anche nelle Repubbliche hanno per isciagura qualche influenza, trassero in suo favore il più de' voti, onde collocarlo alla testa della Repubblica. Nel momento appunto della sua elezione egli era in Avignone presso il papa Innocenzo VI a trattare la pace cogli ambasciatori di Genova ed i suoi alleati. Quindi furono deputati dodici ambasciatori, che gli recassero la gloriosa novella, e che il corteggiassero per tutto il viaggio, onde porre in gran lume quegli onori, che la Repubblica usava dare a' suoi concittadini in ricompensa de' prestati servigi.

Arrivato all'isola di san Clemente vi trovò il Bucintoro, e un immenso numero di barchette venute ad incontrarlo, e a scortarlo a Venezia quasi in trionfo. Esso vi arrivò li 5 ottobre dell'anno medesimo 1354. Il dì seguente nella chiesa di san Marco ottenne il possesso della suprema dignità; indi fu coronato nel pubblico palazzo tra gli applausi universali. Per buona ventura sul principio del suo Ducato era tornata la tranquillità esterna, e ciò era un buon preludio di durevole felicità; ma non andò guari, che una burrasca civile intorbidò sì sereno orizzonte.

Parlando altrove del giovedì grasso, dicemmo esservi stato costume che la sera nel palazzo Ducale si desse un festino a tutta la nobiltà. Giunto tal giorno, il Doge, quantunque assai vecchio, non trascurò di far l'apparecchio non meno elegante che magnifico. La Dogaressa (così chiamavasi la moglie del Doge) lungi dall'essere attempata come il marito, era anzi giovane, bella e amabilissima: essa dunque sostenne gli onori della famiglia con mirabile disinvoltura. Tra i nobili intervenuti alla festa, ve n'ebbe uno per nome Michele Steno, il quale andava perduto per una giovane dama, che brillava a questa festa sopra le altre bellezze. Per isciagura lo Steno all'ardor della passione accoppiava un carattere temerario e sconsigliato. Costui pertanto si permise certe confidenze colla sua amica, che fortemente dispiacquero al Doge, siccome un oltraggio fatto a sè, ed alla dignità del luogo; e perciò egli medesimo ordinò che senza altri rispetti il gentiluomo fosse fuori scacciato. Dicesi che dagli scudieri sia stato eseguito l'ordine in modo forse un po' troppo villano. Incollerito il giovane per l'affronto pubblico, pensò a trarne strepitosa vendetta. Esce dalla sala ardente di rabbia, entra in quella del collegio, e scrive sulla sedia del Doge queste ingiuriose parole:

"Marin Falier dalla bella mugier,

Altri la gode, e lu la mantien."

Nell'indomani fu veduto l'insolente affisso; e allora quando il Doge il lesse, arse furiosamente di sdegno. Commise agli avvogadori del comune d'indagare chi lo avesse scritto, e alla quarantia di punire severamente il reo. Michele Steno fu preso e imprigionato; ed egli sinceramente confessò che sull'istante era stato vinto dal furor della vendetta in vedersi cacciato dall'assemblea, sotto gli occhi della sua bella, e che aveva scritto quelle parole, onde ribattere l'oltraggio con un oltraggio maggiore. Venne condannato a due mesi di prigione, ed al bando d'un anno da Venezia.

Veramente quando si consideri la gioventù e l'inesperienza, ed insieme la forza e l'ardor della passione di Steno, parrà anche troppo rigido il castigo; ma così non parve al Doge. Egli avrebbe voluto maggior severità contro il reo, e reputossi non meno ingiuriato da sì indulgente sentenza, che dallo stesso cartello d'infamia. Da questo punto un venerabil vecchio, che fin allora era stato un modello di prudenza, di umanità, di sapienza, di circospezione; spiegò un carattere affatto opposto, e il sentimento della collera infuse ne' suoi spiriti irritati tutto l'impeto proprio d'un focosissimo giovane. Tuttavia non sarebbero nati effetti fatali, se non vi si fosse aggiunto un nuovo accidente.

Un gentiluomo di casa Barbaro, d'indole risentita e stizzosa, andò all'arsenale per chiedere non si sa bene qual favore a Bernaccio Isarello, che n'era l'ammiraglio. Questi pacatamente gli rispose, non poterglielo accordare. Offeso il patrizio per tal rifiuto montò in tanta furia, che percosse l'ammiraglio nel volto sino a far sangue. Questi ricorse al Doge, chiedendo giustizia; ma il Doge tuttora esacerbato per la tenue soddisfazione conceduta a lui stesso, gli rispose essere impossibile ch'egli ottenesse alcun favore dal Governo per lui, uomo plebeo, quando nulla avea potuto ottenere per sè, che pur era principe. È assai probabile che il Doge con questa maligna risposta avesse l'occulta mira d'irritare l'ammiraglio contro il Governo; e traendo partito dalle circostanze, aprirsi una via di saziare il suo desiderio di vendetta, valendosi dell'opera altrui. Di fatti nulla più invoglia alla ribellione, quanto il vedere per qualche motivo resi inoperosi in mano de' magistrati i regolamenti della pubblica giustizia. La malizia del Falier ebbe il suo effetto, nè mancò di aumentare nell'ammiraglio il risentimento dell'offesa, ed ei medesimo si esibì di por freno all'arroganza de' nobili, e di castigarla, purch'egli volesse secondare i suoi disegni. Lungi il Falier dal rigettare la proposizione, lodò anzi il pensiero ognor più; si diè ad interrogarlo intorno ai mezzi di eseguirlo; udì con somma attenzione le risposte, e per allora congedollo senza altro, rimettendo a miglior congiuntura l'affare.

Bernaccio fatto ardito dall'accoglienza del Doge, ed insieme sitibondo di pronta vendetta, macchinò di cancellare sul fatto il torto ricevuto colla morte del gentiluomo. Ma il disegno non fu tanto secreto, che il Barbaro non ne venisse avvertito; quindi si guardò bene dall'uscir della sua casa; scrisse bensì al Doge rappresentandogli la necessità di reprimere un attentato sì orrendo e di esempio sì pernicioso. Non poteva il Doge senza palesar sè stesso dar passata a simil disordine. Citò Bernaccio Isarello a presentarsi dinanzi al collegio, ed ivi in faccia a tutti dimostrò estremo rigore col colpevole; aspramente il rimbrottò, ed aggiunse che, avendo motivi di lagno con qualcuno, egli dovea procedere per le ordinarie vie della giustizia, che stanno aperte a tutti; per ultimo gli comandò di doversi astenere da ogni specie di violenza, che in una Repubblica libera come Venezia insopportabile rendevasi. Il reo dovette di necessità promettere obbedienza, ma ben lesse il Doge che tal promessa era forzata, e che dentro sè provava un vivo rancore. Per ciò col favor della seguente notte chiamò alle sue stanze l'ammiraglio, ed ivi senza alcun testimonio cominciò a discolparsi seco lui della sua apparente severità. Indi lo trasse a discorrere sul divisato disegno. Isarello spiegò tutta la sua facondia, onde far aggradire la già ordita trama. Questa era di scegliere diciassette Capi, i quali si dovessero portare in diversi luoghi della città, e che ognuno di essi avesse sotto di sè una compagnia di quaranta uomini, che ignorassero sino al momento dell'esecuzione ciò che dovrebbero fare. Il giorno che si sarebbe stabilito dovevasi di buon mattino far suonare le campane di san Marco, che non si potevano toccare senza il comando del Doge. Era ben naturale che al suono di esse inusitato a quell'ora, concorressero alla piazza i principali cittadini per vedere che cosa era, temendo essere il segnale della comparsa in mare di una flotta genovese, cosa per nulla improbabile, perchè i Genovesi ci eran sempre d'attorno. Ridotti colà i Capi di quelle compagnie dovevano ordinar di tagliar a pezzi tutti i patrizj. Esposto il piano, si fece Isarello a nominare le persone, delle quali poteva più compromettersi: esse erano tutte popolari. Fra queste eravi Filippo Calendario. A tal nome il Doge rimase tutto sorpreso, ed allora gli entrò proprio in cuore la maggior fiducia della riuscita. Questo Calendario essendo architetto e scultore insigne avea sotto di sè un esercito, per così dire, di ben destra e robuste gente. Oltre gl'immensi lavori de' più ricchi particolari, ad esso affidata era l'erezione del nuovo palazzo ducale. Di più godea costui la fama di essere uomo acutissimo e di peregrino ingegno. Che tale egli si fosse ben lo dimostrano le di lui opere. Quanta avvedutezza in fatti non vi voleva per assicurare sopra un suolo ondeggiante le fondamenta di un edifizio sì grande? E qual ardimento non fu il suo di poggiare una mole sì immensa sopra colonne, l'inferiore delle quali forma l'angolo del palazzo, che immoto e sicuro è tuttavia un prodigio dell'arte? Ben a ragione era egli stimato ed amato da ognuno, ed il favore di uomo sì grande dovea certamente lusingar il Doge. Isarello non lasciò nulla d'intentato per persuaderlo dell'esito felice della sua temeraria impresa, e per mostrarsi veramente esperto nel saperla dirigere. La conferenza durò sino quasi a giorno, e si separarono giurandosi scambievole fedeltà e silenzio.

Per varie altre notti in seguito si ragunarono; e benchè il numero de' confidenti ogni dì più si accrescesse, non v'ebbe però alcuno che ne pigliasse sospetto, e ancor meno che traspirasse ciò, di che si trattava. Finalmente ogni cosa ordinata secondo il piano d'Isarello, non altro mancava che porlo ad effetto, e stabilirne il giorno. Si destinò il dì 15 aprile. Ma prima di sviluppare la fine di questa terribile catastrofe, sarà utile che il lettore apprenda una particolarità propria del costume de' Veneziani, la quale ebbe in quest'occasione un'immediata influenza sugl'interessi della Reppubblica.

In Venezia adunque regnò l'uso costante, che ciascun patrizio avesse tra il popolo uno o più cittadini, de' quali chiamavasi il protettore; e questi da quel punto divenivano suoi divoti, assumendo il tenero nome di sue creature o amorevoli. Così non men gli uni che gli altri consacravano al mutuo interesse non solo i soccorsi tutti ch'erano in loro potere, ma quelli ancora di tutta la famiglia. Era questo uno scambio di utili uffizj tra padroni e amorevoli. Anche la storia antica porge qualche consimile esempio, ma che però non ha tutta l'estensione, nè tutta l'ingenuità del costume veneziano. Gli amanti della Grecia erano giovanetti eguali tra essi di condizione, nè i lor doveri si estendevano oltre la loro falange; d'altronde (sarà forse calunnia) ma quell'alleanza ci lasciò certe idee dalla morale e dalla filosofia riprovate; giacchè le passioni le più sensuali, per quanto dicesi, vi ci avean molta parte.

Romolo nella sua costituzione volle che ciascun patrizio si facesse Patrono d'un popolare. Questo legislatore di fuorusciti conosceva troppo bene che il patriziato poteva assai presto perire, se non istabilivasi una specie di confederazione col popolo, la cui mercè questo, sotto il nome di Cliente, diveniva sempre l'istrumento della potenza del padrone.

Nel tempo in cui il dominio feudale esercitava la sua tirannia, il debole credeva di trovare un appoggio dedicandosi spontaneamente a colui, che il faceva tremare; egli cercava un asilo presso il suo proprio assassino, onde ritardar, s'era possibile, la sua perdita. Nè poteva chiamarsi sicuro, se non che consacrando il suo braccio e tutto sè stesso a que' delitti, che gli venivano comandati dal suo patrono o protettore.

Da per tutto finalmente, tranne Venezia, il nome di protettore, di cliente o di devoto non presentò mai allo spirito se non da una parte l'idea del potere sempre disposto ad abusarne, e dall'altra di una schiavitù vergognosa, che sbandisce ogni sentimento nobile e generoso. Quì al contrario tale alleanza non traeva origine da veruna legge; niuna idea di supremazia, di feudalità, di servitù accompagnava questo legame. Esso nasceva dall'umanità, dalla beneficenza, dal sentimento del comun interesse, ch'è quello che forma il nerbo dello Stato e la prosperità di ciascun privato. Molto prima che i militari abbandonati con entusiasmo allo spirito di cavalleria immaginassero certi fratellevoli nodi sotto il titolo di Fratelli d'armi, gli abitanti di Venezia n'avean dato l'esempio con una origine più degna della natura e della società; giacchè la consuetudine appo noi non nacque tra gli orrori delle battaglie, ed i nostri doveri non erano tali da sacrificare la vita in crudeli stragi, che bene spesso la ragione e la giustizia condannano. Tra noi questo fraterno nodo formavasi all'occasione di levare al sacro fonte qualche bambino, e con ciò divenivasi Compare di san Zuane. Stretto così per mezzo della religione, esso generava una spiritual parentela, e da questa nè derivava una specie d'entusiasmo presso ogni classe di persone. Diveniva allora una legge sì sacra, che per il proprio Compare la devozione e i sacrifizj non aveano più limiti. Potrebbesi anzi asserir con franchezza, non esservi in Venezia stato un esempio, che un uomo mancasse alla sua parola, quando avea giurato per questo comparesimo. I tratti più luminosi di fervida amicizia e di cordial parentela offertici dalla storia, non giungono a pareggiar que' sentimenti vivi ed ardenti prodotti fra noi da questi legami di amore, di fratellanza, di comparismo infine. Non puossi dunque cessar d'ammirare una instituzione, che oltre tutti i vantaggi particolari che ne risultavano, producevane uno ancor più grande alla costituzione dello Stato; poichè mediante un tal legame, e questa parentela spirituale fra le due classi plebea e patrizia, perfezionavasi nella Repubblica quella unità e quella concordia, in cui specialmente riposava la sicurezza. Siane prova ciò che accadde al tempo di questa congiura del Doge Marin Falier. Egli è certo che a tal costumanza Venezia dovette ascrivere di non aver veduto le sue vie irrigate di sangue civile, e capovolto miseramente quel buon sistema di politico reggimento, che l'aveva resa in allora felice.

Uno de' Capi de' congiurati era compare di un patrizio detto Nicolò Lioni. Il popolare, che chiamavasi Bertrando Bergamaso, desideroso di sottrarre il suo protettore dal generale macello, andò a lui li 14 aprile nella sera, annunziandogli di avere cosa di molta importanza da comunicargli. E dopo averne voluto promessa di secreto, pregollo di non uscir di casa nell'indomani, perchè, uscendo, la sua vita correva gran rischio. Attonito il Lioni a tali parole, ne chiese il motivo. Bergamaso il più che potè si scansò di rivelarglielo, ma stretto dal Lioni, e veggendo ch'egli era risoluto di non seguir il suo consiglio, senza saperne esattamente il motivo, cedette finalmente a quell'amore, che per lui nutriva, e gli scoperse tutta la trama. Il Lioni ringraziollo senza fine; indi si fece a interrogarlo su tutti i punti, onde vieppiù riconoscere la cosa. Poscia Bergamaso si dispose a partire; ma il Lioni non glielo permise, anzi ordinò ai domestici che gli vietassero l'uscita. In quanto a lui, sua prima cura fu di cercar pronto rimedio ad un mal sì pressante. Al Doge non poteva dirigersi, perchè era alla testa de' faziosi. Credette adunque miglior consiglio il recarsi da Giovanni Gradenigo senatore de' primi, e di cui conosceva lo zelo e la destrezza, per comunicar a lui la faccenda. Andarono subito dopo ambidue alla casa di Marco Corner, uomo anch'egli rispettabilissimo; poscia tutti e tre ritornarono alla casa

Lioni per far nuove ricerche a Bertrando, e procacciarsi lumi più esatti. Posero in iscritto le riferte; ed udito ch'ebbero con fatica i nomi de' principali congiurati, si trasferirono al convento di san Salvatore, e di là spedirono avvisi agli avvogadori, ai consiglieri, ai capi, anzi a tutti i membri del Consiglio di X, e finalmente a tutte la più distinte autorità, onde informarli della congiura, ed esortarli a concorrer subito al convento per cercar di concerto, finchè v'era tempo, il modo di salvar la Repubblica. Tutti i chiamati comparvero tosto a san Salvatore. Di comun accordo fu commesso il processo al Consiglio di X. E trattandosi di cosa di tanta importanza, delicatezza e sollecitudine, vennero ad essi aggiunti venti de' più cospicui soggetti scelti nel corpo del Senato. Indi mandarono ordine a tutta la sbirraglia di venirvi bene armata, e fattone giungere varj distaccamenti, furono spediti ad arrestare i rei nelle proprie case.

Disposte in tal modo le cose, quella brigata di patrizj si trasferì da san Salvatore al palazzo ducale; vi fece guardar le porte, e sotto severe pene si divietò di suonare per qual si fosse ragione le campane di san Marco. A mano a mano che andavansi imprigionando i delinquenti, s'inviavano messi di qua e di là chiamando in soccorso i cittadini e i nobili di fede la più specchiata, ed avvertendoli di venire a palazzo coll'armi, onde proteggere la pubblica sicurezza, ch'era in estremo pericolo.

Questi varj movimenti occuparono una parte della notte, nè si poterono eseguire tanto segretamente, che qualche sentore non ne trapelasse ai congiurati. Molti fra loro, sapendo ciò che correva al palazzo, prevennero colla fuga gli ordini dati di sorprenderli, e sedici soli furono da principio arrestati. Buono che fra questi v'ebbe quel Bertuccio Isarello, che abbiamo veduto essere autore della congiura, ed anche quel Filippo Calendario suo primario complice, a cui per nulla giovarono i tanti di lui meriti e talenti. E quantunque con lui si venisse a perdere un artista da non potersi sostituire, pure il suo delitto troppo era grave, perchè se ne avesse a diferire o raddolcire il castigo; in una Repubblica libera tutto dee cedere alla sua salvezza.

Costui ed Isarello furono posti alla tortura appena giunti al palazzo. Essi tutto confessarono, e sul fatto vennero impiccati a quella finestra stessa, donde il Doge era stato ad osservar le feste del Giovedì Grasso. Negli altri arrestati non si scoprirono certe colpe, e subito ebbero la libertà. Ma otto o nove tra i congiurati, che dal governator di Chioggia vennero colà presi, e a Venezia spediti, furono anch'essi sospesi alle finestre del palazzo senza guardar punto che fossero artefici eccellenti.

Convenne alfine venire al reo principale. Tutte le deposizioni si uniformavano a danno del Doge. Era vero bensì che la congiura non era stata immaginata da lui: altri prima l'aveano ordita, e formato n'era il piano; ma è altresì certo ch'era stata intrapresa col suo consenso, sostenuta col suo appoggio, inoltrata col suo incoraggiamento. Restava solo a decidere qual partito doveasi prendere intorno a lui. Se la sua dignità esigeva molto rispetto, il suo delitto escludeva ogni riguardo. Mai più era caduta sotto il giudizio causa sì strana. Fu deciso finalmente, che quantunque il Doge fosse capo dello Stato, pure non era in sostanza che la prima figura della Repubblica, e che per ciò doveva al pari di ogni altro cittadino andar soggetto ai rigori della legge, posto ch'erasi fatto reo di tradimento verso la patria. Pure un giudizio di tal natura esigeva una somma prudenza, non men che una pari solennità. Fu dunque stabilito di procedere con tutta la maturità necessaria onde renderlo tale, che la posterità non lo accusasse d'ingiusto. Gli scrupolosi esami, e la verificazione delle accuse a carico del Falier occuparono tutto il giorno 15 aprile, giorno destinato per lo scoppio della congiura. Era già notte quando la relazione del processo ebbe termine. Fu fatto allora uscire il Doge dalle sue stanze, nelle quali era sempre rimasto, non sapendo che per metà lo stato delle cose e nodrendo più timor che speranza. Egli comparve dinanzi ai giudici in abito di Doge, e sostenne qual reo le interrogazioni. Ma oppresso dal numero delle accuse e dalla qualità delle prove, non potè evitare di rimaner convinto, e di necessità confermolle. Fu allora ricondotto nel suo appartamento, e la deliberazione venne rimessa all'indomani.

La mattina dei 16 si procedette al giudizio. Tutti votarono per la morte. Sì fatale sentenza onora il civismo ed i lumi di que' saggi Repubblicani. Non si accusino di soverchio rigore; ancor meno d'ingratitudine. Essi avevano ricompensato i servigi di Falier colmandolo di onori distinti, e per ultimo col diadema ducale. Ma il suo misfatto avea sciolto ogni legame, ed i suoi servigj, che in sostanza non erano stati se non se un debito pagato alla patria, venivano cancellati dalla sua colpa. Egli dovea dunque incontrare il castigo. E per questo appunto Venezia, non confondendo mai la riconoscenza dovuta alle buone azioni de' suoi cittadini coll'obblio e l'indifferenza per le malvagie, conservò sino alla fine il tesoro della sua indipendenza e della sua libertà.

La sentenza di morte fu pronunziata il dì 16, ed eseguita il giorno 17 di buon mattino. In tal giorno tutte le porte del palazzo furono perfettamente chiuse. Il Consiglio di X entrò in corpo nelle stanze del Doge. Venne spogliato di tutte le insegne del suo grado; indi condotto sopra una loggia del pubblico palazzo gli venne mozzata la testa, che rotolò giù e insanguinò quelle superbe scale che avevano tante volte veduto passar trionfanti gl'illustri suoi predecessori.

Subito dopo l'esecuzione, uno dei capi del Consiglio X si affacciò ad una delle finestre del palazzo, che mettono sulla piazzetta di san Marco, e tenendo in mano la spada insanguinata, pronunziò ad alta voce tali parole: È stata fatta giustizia al traditor della patria. Si spalancarono allora le porte del palazzo, ed il popolo in folla corse a mirare il corpo del Doge rimasto sul luogo del suo supplizio. La sera il cadavere fu posto in una gondola, e portato senza pompa alla sua sepoltura, sulla quale fu inciso quest'epitafio:

"Dux Venetum jacet hic Patriam qui perdere tentans

Sceptra, decus, censum perdidit atque caput."

Nella sala della pubblica biblioteca, dove si veggono tuttavia i ritratti di tutti i Dogi, in luogo di quello di Marino Falier, fu posta una tavola coperta di un velo nero, e disotto una iscrizione con queste parole:

Hic est locus Marini Falerii decapitati pro criminibus.

In simil guisa la sapienza de' governanti sventò la congiura, prima che la città giungesse a saperla e a temerla. Nondimeno la pietà de' nostri padri attribuendo questo felice fine più che al resto, alla divina provvidenza, che avea voluto salvar la Repubblica, decretarono, onde perpetuare la memoria di così segnalato beneficio, che ciascun anno nel dì di sant'Isidoro, in cui già il Doge, come abbiamo altrove veduto, scendeva alla chiesa di san Marco per assistere ad una Messa solenne, si dovesse aggiungere una processione con tutte le primarie confraternite, alla quale intervenissero i comendadori del Doge, portando ciascuno in mano una torcia rovesciata per esprimere in qualche modo i funerali del Doge Falier: cerimonia molto utile per ricordare ai Dogi di non doversi riguardare mai come signori di Venezia, ma soltanto come capi della Repubblica, anzi come i primi servi onorificati di essa, e sottommessi alle medesime leggi di ogni altro cittadino. Nel tempo stesso ammoniva tutti gli altri cittadini a non abbandonarsi mai allo spirito di vendetta, nè a quel funesto irritamento del troppo ardente amor proprio. Lezione così terribile e solenne in tutti i suoi rapporti, ottenne il massimo effetto sulla popolazione intera, e i discendenti stessi di quella allora sventurata famiglia colle loro geste gloriose nella successione de' secoli, non solo cancellarono quella macchia, ma resero immortale il nome di Falier; ed i superstiti eredi si fanno anche oggidì ammirare ed amare per le loro sociali e pacifiche virtù, non potendo ormai più esercitar quelle de' loro illustri antenati.

Dopo la gloriosa conquista di Costantinopoli e l'elevazione dell'Impero Latino, furono precisamente le flotte Venete che ritardarono la caduta di quel nuovo impero, e quella pur anche del debole Baldovino II, minacciato da un usurpator coraggioso. Leonardo Quirini con venticinque galee ne prese ventiquattro, distrusse, incendiò, affondò il restante della flotta nemica considerabilissima, entrando in Costantinopoli con ammirazione di tutti gli astanti. Pure non v'ebbe valore, nè forze, che potessero cancellare dal libro dei destini la sorte segnata contro l'ultimo imperatore Latino. Nella notte dei 14 agosto 1261, i Greci introdussero in Costantinopoli per via di un sotterraneo generalmente ignoto, le truppe di Michel Paleologo, e questi venne proclamato imperatore, non altro lasciando allo sventurato Baldovino, che il tempo appena di salvarsi sopra i Veneti vascelli.

Ma nemmeno i Greci signoreggiarono tranquillamente in Oriente a cagione delle sempre maggiori conquiste fatte dalla nazione turchesca, di oscura origine, ma le cui azioni ardite e guerriere la rendettero famosa e temuta. Le prime radici di questo grand'albero furono gettate l'anno 570 da Maometto, che sagace agricoltore ne fece dilatare i rami sopra la più bella, la più fertile, la più temperata parte dell'Europa. Gli avanzamenti della sua setta furono meravigliosi. Appena bambina s'ingigantì; i suoi principj furono contrassegnati da continue conquiste; ogni momento del suo crescere fu un trionfo. I Cristiani si scossero al rimbombo delle armi ottomane; e sin dall'anno 1096 vi furono Crociate; indi si tentarono contro di loro molte spedizioni; ma non v'ebbe mai quell'unione bastante, quella corrispondenza tenace e indissolubile, senza di che mal si resiste. Forse non si conobbe mai appieno, che l'incendio turchesco era una fiamma, che abbruciate le case vicine, finirebbe coll'incenerire anche le più lontane; se meglio si fosse giudicato, avrebbesi portato in maggior copia e più prontamente acqua per ammorzarlo.

La Repubblica di Venezia non istette già semplice spettatrice in questi varj avvenimenti. Fu fedele agl'Imperatori Latini coll'attener tutte le sue promesse. È però vero, che ne trasse essa medesima sommi vantaggi, poichè riportò da essi l'investitura dell'isola di Negroponte e l'assenso di poter ricevere sotto la sua protezione e Guilfredo signore dell'Acaja, e Gallo signor di Cefalonia. Nè rimase nemmeno indolente alle piraterie de' Turchi. Sin da principio mandò flotte contro di loro, predando un gran numero de' lor vascelli, uccidendo quanti fra essi Turchi cadevano nelle loro mani, e spaventandoli con tale severità di condotta. Sola però non potè impedire i loro progressi; ma questi stessi progressi tornarono in vantaggio di lei. La fama del suo saggio governo e della sua forza fe' sì, che un gran numero di popolazioni se le dedicassero, sottraendosi per tal modo alla crudele schiavitù di cui erano minacciati. Così avvenne di Lepanto in Morea, di Scutari e Dulcigno nell'Albania, e poi di Patrasso. Da un greco imperatore ricevette in dono anche Salonichio, e così tali addizioni alle isole, che già possedeva di Candia e di Corfù, ed alle città di Modone e Corone nella Morea, la rendettero potentissima nel Levante, sì per la ricchezza ed ubertà de' paesi occupati, che pel dominio accresciuto su i mari, cui appunto considerava prima base della propria grandezza.

Ma nel 1413, l'orgoglioso e felice Maometto, abbattuti i propri fratelli, che gli disputavano la monarchia ottomana, guadagnato colla generosità l'applauso generale, e trovatasi assicurata sul capo la corona imperiale, cominciò tosto a guardare con grande gelosia la potenza de' Veneziani, que' grandi Stati nell'Asia Minore marittima ch'essi tenevano sotto la loro dominazione, e quella linea di littorale non interrotta su cui camminavano da Capo d'Istria sino a Costantinopoli. Cosicchè, quantunque al momento della sua elevazione al trono, avessero queste due potenze ratificato la pace fra loro, pure i Turchi la scomposero ben presto, sorprendendo le nostre galee mercantili che ritornavano da Trebisonda, come alcune altre che veleggiavano nei mari di Costantinopoli. Avvertito di ciò il Senato armò subito una flotta, creò generale Pietro Loredan, il quale avvicinatosi allo stretto di Gallipoli, fece innalzare la bandiera bianca, e sbarcò un suo messo inviandolo a Maometto per dolersi di un tal procedere, per procurare la restituzione delle prede, e stabilire onorevolmente una pace giusta e permanente. Non si conciliò l'affare, ed anzi videsi tosto spiccarsi dallo stretto un'armata turca in ordinanza. Il Loredan, schierata la propria, fece l'ufficio di capitano valoroso e di ardito soldato. Tutti si misero a gara nell'imitare il suo esempio. Scagliossi egli colla sua galera nel più folto dell'armata degl'Infedeli, e diede principio ad un furioso combattimento. Si venne all'abbordo delle galee e delle fuste turchesche, e tutto che ferito sì nella faccia che in più parti del corpo, egli non aderì alle persuasioni di ritirarsi per curar le ferite, ma persistette arditamente sino all'intero disfacimento dell'inimico, ammazzato il general Ottomano, tagliati a pezzi tre mila Turchi, predate sei galee, e venticinque fuste, e le restanti fugate dentro Gallipoli.

Terminato così gloriosamente questo conflitto, spedì il Loredan altro messo al Sultano, lagnandosi, che venendo egli come ministro di pace, fosse stato ricevuto in forma ostile, e costretto a maneggiar l'armi a necessaria difesa. Fu sacrificato il debole, e dato il torto all'imperizia del comandante turco. Venne adunque accolto l'ambasciatore, e si ristabilì la pace nel 1418. Maometto forse temeva più le flotte venete, che quelle di tutti i Principi cristiani uniti: in fatti le prime erano sempre pronte e risolute; lente e discordi fra loro erano sempre le seconde.

Dopo qualche anno l'accorto Maometto seppe approfittare dell'indolenza de' Cristiani, e dell'accanimento implacabile fra la Repubblica di Venezia e quella di Genova, che tenevale sempre in guerra fra loro, per tentare un'impresa sopra la capitale stessa del greco impero e il cuor dell'Oriente. Co' suoi formidabili preparativi egli lasciò scorgere a quanto egli aspirasse. I Principi Cristiani stimolati e dal proprio interesse e dall'imperator greco Costantino Paleologo, che regnava in quel tempo a Costantinopoli, ordinarono di comun accordo grandissimi armamenti. Se non che l'intraprendente Maometto non lascia loro il tempo di eseguire i disegni; corre ad attaccar Costantinopoli con una forza di quasi trecento vele, e di trecento mila soldati, mentre l'infelice Costantino altra difesa non ha, che una guarnigione di nove mila Greci, e nel porto non eravi che qualche vascello mercantile veneto. I soli Genovesi erano stati a tempo di spedire alcune galee cariche di viveri e di soldati con un loro comandante. Fu a questi assegnata in custodia la Porta Romana; la Chersina ai Veneziani, che offerto avevano in questa occasione i loro servigi all'imperatore. I Turchi non tardarono ad incominciar l'attacco, sicuri di una pronta e compiuta vittoria; ma resiste la porta Chersina, e quel pugno d'intrepidi difensori tiensi sì fermo, malgrado le gravi ferite che riceveano e la tanta moltitudine d'Infedeli, che a detta di alcuni autori, Maometto sorpreso della resistenza inaspettata, e della grande perdita che faceva de' suoi, fu sul punto di abbandonare l'impresa. Ma ormai la sua grossa artiglieria ha rovinato tutte le difese della piazza; già le breccie sono aperte, ed il Sultano ordina un assalto generale. L'imperator Paleologo, montato a cavallo, percorre le mura della città, riordina quanto può gli sbigottiti difensori, li anima col vero accento belligero, collo sguardo d'una grandezza virile, coll'impronta del coraggio di un eroe che non altro sente fuorchè l'onore, quell'onore, che fu antico distintivo della sua illustre nazione. Se non che allora degenerati i Greci, e fatti pusillanimi e vili, quell'uomo veramente superiore, quel principe veramente grande e sublime non trovò più obbedienza, nè rispetto presso i suoi sudditi, come avvien d'ordinario a tutti i principi, allorchè gli imperj comincino a minacciare rovina. All'incontro Maometto vittorioso e accreditato tra suoi Gianizzeri, assisteva in persona alle operazioni, spingeva i soldati a montar sulle breccie, prometteva, minacciava, e facea crescere ogni giorno negli Ottomani la brama dell'acquisto colla speranza del promesso bottino, mentre scemava ne' Cristiani la confidenza per la mancanza di forestieri soccorsi. A capo di un mese d'incessanti lavori e patimenti, non comparve un legno, non un uomo in soccorso de' miseri assediati; spargevasi il sangue, ma mancava ogni dì più il coraggio ai difensori. L'imperator Costantino non cessa di fare prodigiosi sforzi di valore onde col suo esempio rinvigorire l'animo de' suoi. Giunto alla porta Romana inorridisce al vedervi tanti morti, tanti mutilati, tanti agonizzanti; il comandante genovese ferito se ne stava sul punto di abbandonare la mischia. Tentò Costantino coll'esortazioni di persuaderlo a fermarvisi; pregò, offerì, scongiurò, ma indarno; il Genovese fuggì dalla piazza, ma non dalla morte, che lo raggiunse ben presto. Rimasi i soldati senza capo, rimasero pur anche senza più ardire di nulla intraprendere. I Turchi approfittano di quest'inazione, e si arrampicano a migliaja sulle mura per entrar in città. Che far può l'infelice Paleologo se ogni speranza è perduta? L'elevatezza però del suo animo non l'abbandona. Abborre più che morte l'idea di vedersi prigioniere, di vedere un vincitore superbo fatto arbitro del suo destino. Ei non vuole sopravvivere alle ruine del suo trono, della sua imperial dignità: «ch'uomo diredato del regno, se vive un'ora, non val più nulla.» Ei deve e vuol morire. Ordina ai suoi soldati d'ucciderlo; ma per la prima volta li trova tutti restii a' di lui comandi; ed egli deposte le insegne imperiali, precipita colla spada alla mano nel più folto delle schiere nemiche, fa sforzi di valore sovrumano; il suo formidabile braccio arresta per qualche istante ancora quel celebre impero, ch'è già sull'orlo del precipizio, e trova alfine quella morte che desiderava, manifestando nel punto stesso potervi essere una vinta grandezza di gran lunga superiore alla vittoria vincitrice. La sua caduta trascina seco quella pure della più bella città dell'Universo, di quell'antico impero, che fondato da un illustre Costantino, cessò di esistere sotto un altro Costantino, ben degno di regnarvi invece per le sue virtù e talenti. Che se quegli già mille cento e vent'un anno potè dare a quell'impero il principio e la grandezza tutto in un punto, questi alla sua morte fe' vedere in quel medesimo punto e in quel medesimo impero, distrutti l'incivilimento, le arti, il cristianesimo, per essere sostituite in lor luogo l'ignoranza, la barbarie e il fanatismo più brutale.

Non è a dirsi qual fosse l'allegrezza de' Musulmani per questo grande avvenimento. Correvano festosi a' piedi del Sultano, e con tutte le strepitose dimostranze di fuochi, lumi, spari, urli orribili, solennizzarono il felicissimo acquisto. Non mi fermerò a narrare gli orrori commessi ne' giorni, che durò il sacco della città. A tutti è noto, che un popolo incolto è sempre più feroce, e che supera in crudeltà qual siasi altro, quand'anche fosse questo avvampante ed ebbro del maggior entusiasmo per riacquistare la sua indipendenza. Ed ancor maggiormente crudele dev'essere quel popolo, il cui capo è sanguinario e brutale, quale si era Maometto. Questo barbaro monarca volea coprire la ferocia della sua tempera sotto il manto della giustizia; e per ciò appunto imputati essendo i Greci di zelo infermo, di languido fervore, e restii nell'offerire danaro per sostenere virilmente la guerra, gli fece chiamare dinanzi a sè, perchè scoprissero gli occulti tesori, che negati da essi, vennero dai loro domestici palesati. Allora comandò, che fosse reciso il capo a tutti quegli avari Cristiani; e rivolto ai bassà proferì, per verità, una sentenza degna di essere registrata nella memoria di tutte le nazioni, ed è, che i sudditi apprender dovessero a somministrare, nel bisogno, le loro ricchezze in difesa della patria, perchè perduto lo Stato, vi va in conseguenza l'oro, la libertà e la vita.

Abusando del sacro nome di giustizia, Maometto fece altresì venirsi dinanzi Girolamo Minotto, Bailo di Costantinopoli, riguardato da lui come capo di una nazione il cui valore apportato aveva un gran danno a' suoi soldati durante l'assedio. Ordinò dunque che in sua presenza gli si tagliasse la testa per godere alla sua foggia di quest'atroce spettacolo. Di quaranta sette gentiluomini veneziani applicati alla mercatura, venti fra loro subirono la medesima condanna; gli altri per intercessione di un favorito del monarca furono ricevuti in qualità di schiavi. La sciagura de' Veneziani sarebbe stata ancora maggiore, se il vigilante Luigi Diedo non avesse con intrepido animo risoluto o di rompersi colla sua galera, o di spezzar la catena che chiudeva il porto. Tentato il colpo e riuscito felicemente, potè porsi non solo egli al sicuro, ma le altre galere pure cariche di merci, di effetti preziosi, e di un buon numero di cittadini, con che ritornò salvo in patria.

Maometto intanto godevasi di andare per la città, e vedervi le strade imporporate di sangue e lastricate di cadaveri. Innalzò quindi a' gradi supremi un turco, che gli recò la testa recisa dello sventurato imperator Paleologo; e per superba ostentazione di sua vittoria mandò in dono al soldano di Egitto quaranta giovinotti e venti bellissime donzelle. Riserbò per sè la verginella Irene di vaghissimo aspetto, anzi un vero angelo in carne, a cui la nobiltà de' natali rendea più seducente il contegno. Tanta bellezza trionfò del vittorioso, e fece suo schiavo il conquistatore. Deposta la naturale ferocia, ed assopiti quegli spiriti guerrieri, che per fin sognando non altro gli rappresentavano che battaglie e sterminj, pareva egli tutto invaso da soave tenerezza e da sensuali diletti. I suoi soldati che si pascevano di guerre, temettero ch'ei s'intorpidisse, e cominciarono a mormorare e a farsi beffe di lui. Egli informato di ciò, raduna tosto la sua armata, e conducevi la sua bella Irene velata, tutta sfolgorante di perle e di gemme, come se espor la volesse alla pubblica adorazione. Mentre tutti perplessi pendono, egli le trae il velo, e fa palese a tutto l'esercito i vezzi e lo splendore di un'impareggiabile bellezza. E già a quella vista egli comincia a trovar grazia anche in quegli animi feroci. Ma che? Maometto, sguainata la scimitarra, recide di un sol colpo la bellissima testa, e dimostra al mondo tutto, ch'egli sapeva egualmente espugnare le passioni come le piazze. I suoi barbari soldati applaudirono altamente a questo nuovo trionfo.

Le scienze e le arti abbandonarono per sempre Costantinopoli; esse vennero a ravvivare l'Europa e particolarmente l'Italia, e fecero sorger de' monumenti, che furon la base di eterna gloria alla nostra città. I Turchi videro con indifferenza una tanta perdita, non curandosi che delle armi, il cui unico fine non era per loro che il bottino ed il dominio. Disprezzavano coloro il saper leggere e scrivere; e per raffermare un accordo bruttavansi la palma della mano coll'inchiostro, ed applicandola poscia sul foglio ne facevano l'impressione. Tenevano in sì alto pregio sì fatte rozzezze, che in tempi posteriori usavano mostrarle come venerande anticaglie.

La fama delle vittorie, o piuttosto della desolazione cagionata per la presa di Costantinopoli, fece sì, che altre venti piazze per paura si umiliarono a Maometto. Il pontefice Niccolò V, all'infausto ragguaglio di tali progressi, eccitò i Principi cristiani ad un nuovo armamento; offerì ricompense spirituali ai soldati, che incontrassero servigio, e minacciò l'anatema a quelli che lo ricusassero. Per quanto pie fossero queste deliberazioni, il Senato veneto conobbe ch'erano fuori di tempo, e volle piuttosto con desterità e danaro assicurarsi delle favorevoli disposizioni di Maometto verso la Repubblica. A tal fine spedì alla corte del nuovo imperatore Bartolommeo Marcello, che fu bene accolto e trattenuto in qualità di Bailo, o sia ministro ordinario.

Ma quale lunga pace poteva attendersi la Repubblica di conservare con questo infedel musulmano? I trattati non erano da lui risguardati che come un utile giuoco onde approfittarsi per estendere le sue conquiste, e gl'infrangeva senza scrupolo, qualora credeva di poter trarre da ciò vantaggio maggiore. La buona riuscita delle sue imprese, lo determinò di spingere le sue armi a' danni della Morea, le cui piazze appartenevano alla Repubblica. Questa provincia, un dì chiamata Peloponneso, famosa fra le greche per la celebrità delle sue Repubbliche, circondata dal mare, irrigata da' fiumi, di aria felicissima e salubre, oltre all'essere fertile ed amena, gode il vantaggio di un sito importantissimo per la navigazione del Levante. Il governo di Venezia conobbe quanto era necessario di difenderla; ma sin a tanto che si cercò di porvi rimedio, il nemico già devastato avea i. territorj di Modone e di Corone, trascorrendo con oppressione dei popoli, l'Arcadia, e ritraendone ricco bottino. Vi giunse Orsato Giustiniani con trentadue galere, ed ebbe sul principio alcuni incontri con varia sorte: investì poscia la città di Metelino nell'arcipelago, entrò in uno de' suoi porti, disfece trecento turchi che gli si opposero, ma poscia rinforzato il nemico da potenti soccorsi, e vista da lui la molta strage nei nostri, pensò bene ritirarsi. Il suo animo generoso e sublime non potè tollerare sì grave sciagura; tanto egli si accorrò, che vi perdette la vita.

Il pontefice Pio II, compassionando le perdite de' Cristiani, maneggiò col massimo ardore una nuova Crociata; ma appunto quando tutto era in pronto nel porto di Ancona, ov'egli, non men che il Doge Cristoforo Moro si erano recati, fu colto da impensata morte, e così si ruppe anche la trama dell'illustre tela, che dipendeva dal filo di una sol vita. Per tal modo Maometto accrebbe sempre più le sue conquiste, ed insieme le stragi e la desolazione di tanti popoli. Mirò egli all'importante isola di Negroponte, la maggiore dell'arcipelago, chiamata anticamente Eubea, osservonne il sito importante e comodo sì pel Continente della Grecia, che per le isole; e tosto disegnò di soggiogarla. La governavano il Bondulmiero e il Calbo. Vi ci si trovava pur anche Paolo Erizzo, uom di onore e di sentimento, il quale tuttochè terminato avesse il tempo del suo officio colà, volle rimanersene per non offendere il proprio decoro. Maometto vi si trasferì in persona con cento e quaranta mila turchi e con un formidabile apparecchio. Si fecero gli approcci; s'incominciarono gli assalti; quattro ne furon dati con uno spargimento di sangue notabilissimo; tanto era vigorosa la difesa. Ma freschi soccorsi di truppe e di vettovaglie rendevano abbondante di tutto il nemico; agli assediati tutto veniva meno, rinchiusi com'erano da ogni lato. Dopo un mese di continui travagli e di disagio, erano già ridotti all'estremo, ed anche la speranza nel promesso soccorso già svaniva, quando videsi da lungi venire verso Negroponte una numerosa veneta flotta. Come dipingere la gioja? come il nuovo vigore entrato in ogni cuore? Il Sultano, di ciò instrutto, disegnò tosto di abbandonare l'impresa. Ma che? immobile si tiene quella bellissima flotta senza prender partito. Per una sciagura fatalissima, il suo comandante men mosso dall'amor della patria e del proprio onore, che dalla tenerezza per l'unico suo figlio, che con preghi e lagrime lo scongiurava a non cimentarsi al pericolo, vi aderì con grave disonor proprio e con sommo danno de' nostri, a' quali tanto il coraggio scemò, quanto s'accrebbe l'ardimento a' nemici. Sul punto stesso rinnovano questi gli assalti con una strage infinita: pure i nostri li respingono con sublime fermezza; ma coperti di ferite ed esangui, non poterono più difendere la Porta Burchiana. Quindi i Turchi penetrarono nella città, ed il Calbo e il Bondulmiero perirono colla spada alla mano; l'Erizzo con un pugno de' suoi difese per varj giorni il castello, e cagionò una perdita ragguardevole di Turchi. Ma poscia mancatigli e viveri e munizioni dovette capitolare, sperando così poter salvare dalle violenze de' barbari la bellissima verginella Anna sua figlia, che seco era rinchiusa. Maometto nella capitolazione gli promise, che la sua testa sarebbe salva; ma appena uscì dal castello, che il fece arrestare, ed ordinò che fosse segato per mezzo, dicendo di aver promesso di salvargli la testa, ma non il corpo. Non v'ha che i tiranni, che osino aggiungere al delitto una derisione che insulta la natura e il diritto delle genti. Quando Paolo Erizzo intese il barbaro comando, si volse ai Gianizzeri, pregandoli di toglier la vita alla di lui figlia innocente, e n'ebbe per risposta il giuramento, che a lei non verrebbe mai fatto ingiuria alcuna. Dopo di che colla fermezza di un eroe sostenne la crudelissima morte. Appena spirato l'Erizzo, Maometto si fece condur dinanzi la vaga donzella. Comparve essa con aspetto impavido, e con un'altezza più da vittoriosa che da schiava. Pure Maometto l'accolse con dolcezza e cortesia. Le offerse la propria abitazione; le disse che camminerebbe sopra scettri e corone;

le presentò vesti ricchissime, gioie, brillanti e mille cose splendidissime. Essa tutto ricusò, dicendo, che non solo anteponeva le povertà, ma la morte stessa, al vivere impudico e al disonorare il suo nome. Fu lungamente tentata con blandizie e con ogni genere di seduzioni; ma resistette essa costantemente a tutto. Quando il sultano disperò di poterla piegare alle sue voglie, cangiato l'amore in ira, la dolcezza in furore, sguainò la sciabla, e con un sol colpo atterrò sì bel corpo, dando libertà all'anima, ancor più bella, di volare rapida alla conquista della gloria celeste, dopo averne mercata tanta qui sulla terra.

La soggiogata città fu riempiuta di uccisioni e di rapine, satollandosi l'ira col sangue, l'avarizia colle spoglie. Per quello spirito insultatore ch'è proprio de' barbari, fecero erigere vicino alla chiesa principale una gran piramide, formata di teste di Cristiani svenati, i cui cadaveri vennero gettati in mare per cibo ai pesci. Indi scorsero la Morea senza contrasto, e padroni della campagna occuparono diverse terre.

Il ragguaglio di sì gravi disgrazie afflisse quanto mai dir si può la Repubblica di Venezia. Si rivolse in prima agli ajuti divini, indi fu intenta a procurarsi gli umani. Raccolse da più paesi molti fanti, e formò una possente squadra con navi e galere. Pietro Mocenigo fu il comandante sostituito a quello, che condotto in catene a Venezia venne deposto dal suo impiego, e morì esule dalla sua patria. Il Mocenigo corrispose perfettamente alle speranze di ognuno. Cominciò dallo scorrere le riviere dell'Asia, saccheggiò e prese diverse terre turchesche, indi si avanzò nella Natolia, ove recò sì grave danno, che se ne sgomentò Maometto stesso, il quale per vendicarsi portò l'incendio in Italia. Guai per le potenze di essa, e forse di tutta l'Europa se non vi fosse stata la Veneta Repubblica, che colle sole sue forze e col suo danaro, che sapeva a tempo profondere, non si fosse, anche a rischio di perder sè stessa, posta a far argine a quel tremendo furor barbarico, alla turchesca ambizione che non conosceva più limiti. L'Italia fu liberata, senza che il general Mocenigo desistito abbia dalle sue imprese. Attaccò Smirne, città principale dell'Asia, e malgrado la forte resistenza, costrinse il nemico a forza di grandissima strage a ritirarsi, per il che fu dato il sacco alla città, che fu così ricco da superare ogni credenza. Di là passò il Mocenigo a svernare nel porto di Modone, ma come raddolcì la stagione sciolse dal porto, e andò a riconquistar Sighino, Seleucia e Curco, città occupate da Maometto, ma che appartenendo ai principi di Caramania, furono queste restituite. Ad altre imprese ancora mirava il Mocenigo quando seppe trovarsi la piazza di Scutari strettamente assediata dagli Ottomani, e tosto s'accinse per accorrere in suo ajuto. Scutari è il cuore dell'Albania, la porta del mare Jonio e dell'Adriatico. Maometto aveva spedito un'armata forte di settanta mila uomini, aggiuntivi otto mila de' suoi Gianizzeri, e cento de' più esperimentati bombardieri. Il comando dell'esercito fu dato a Solimano, eunuco Bossinese suo favorito, il quale non dubitava punto della vittoria a cagion del gran numero de' suoi soldati, e della forza della sua artiglieria. Si presentò egli dinanzi alla piazza, sfoggiando un lusso veramente orientale. I suoi soldati animati dalla speranza di grandiose ricompense, occuparono tutti i transiti; in pochi giorni tutte le case furono demolite, e le mura della città bersagliate da un continuo fuoco; ma niente abbattè gl'intrepidi difensori, animati incessantemente dal loro illustre comandante Antonio Loredan, che destò col suo esempio una nobil gara fra le milizie e i terrazzani nell'esporsi ai pericoli, e nel puntualmente eseguire qualunque lavoro. Questi raccolgono ed ammucchiano le rovine, e convertonle in trinciere ai loro ignudi petti; rafforzano quelli le squarciate muraglie con grossi sassi e con botti, che riempiono di terra, e di là scagliano colpi mortali al nemico. Ma le batterie fulminanti giorno e notte hanno ormai aperto l'adito agli assalitori di entrare in città; pure non possono per anco sperare d'impadronirsene senza grande strage, e per risparmiarla osano di tentar il Loredan con offerte, indi con minaccie alla resa. Egli risponde con quella fermezza ch'è propria di un nobil cuore e di un sangue senza macchia, che non sa come si possa rendere una piazza che gli è stata affidata, e che ad imitazione de' suoi antenati, egli o la conserverà, o in essa morrà. Punto al vivo da una tale risposta, Solimano ordina un generale assalto; ma se l'impeto fu terribile, non men coraggiosa fu la resistenza. Sassi smisurati fatti cadere a precipizio dall'alto sopra gli assalitori, recavano ad essi in un la morte e la sepoltura. Gli Albanesi nel maneggio della sciabla non cedevano ai Turchi, onde correva a rivi il sangue. Ma disgraziatamente gli assediati penuriavano di ogni cosa, e particolarmente di acqua, talmentechè per averne conveniva farsi strada al fiume colle armi, e concambiarla con altrettanto sangue: inoltre un gran numero ne perì per la gran copia, che ad ismorzar la sete con troppa avidità tracannavano. Il coraggio dunque de' difensori cominciò a venir meno, e già voci confuse bisbigliavano di arrendersi. Il Loredan raduna quanti più può, e fa ad essi conoscere l'orror del servaggio, ed i mali terribili a cui certamente andrebbero soggetti, se i Turchi s'impadronissero della piazza; ma vedendoli ancora irresoluti, scopre il proprio petto, e dice loro: "Chiunque è tormentato dalla fame si nutra della mia carne, e chi dalla sete, si abbeveri del mio sangue, io glielo permetto.» Allora tutti ad una voce gridarono: Noi non vogliamo altri padroni che i Veneziani; morremo tutti senza arrenderci. Tali in fatti furono i loro sforzi di valore, che gli Ottomani infine stanchi di sì incessante perdita, dovettero per moderar il corso delle stragi, ritirarsi dall'assalto, sperando nondimeno di riuscire per via di blocco. Ma finalmente visto qual macello si facesse di loro dai valorosi difensori, e quai mucchi di cadaveri si alzassero a piè delle mura, oltre il gran numero di soldati, o monchi o feriti, conobbero l'impossibilità di conquistar più quella piazza, e con vergogna e dolore risolsero di abbandonarla, dopo avervi perduto più di venti mila uomini delle loro più scelte milizie.

Giunta a Venezia la fausta nuova della liberazione di Scutari, ogni ordine di cittadini corse alla chiesa di san Marco per ringraziarne la divina provvidenza. Fu poscia raccolto uno straordinario consiglio affine di prender in esame le ricompense, che accordar si dovessero ai prodi difensori. Venne stabilito, che Antonio Loredan sarebbe dal Doge decorato del titolo di cavaliere, e che dal pubblico erario si trarrebbero due mila ducati per assegnarli in dote alla sua figlia maggiore. Siccome poi dovevasi quel medesimo giorno eleggere un general di mare per la fatal perdita, che appunto in tal occasione era avvenuta del valoroso Triadan Gritti, così tutti i voti concorsero nel fregiare il Loredan di una carica sì luminosa, e ad esso sì giustamente dovuta. A favor poi di que' bravi marinaj e soldati, che avevano tanto sofferto durante l'assedio, e tanto contribuito all'onor della patria, si decretò, che oltre le largizioni da darsi al loro ritorno, si erigerebbe un ospizio che potesse assicurare un agiato ritiro, non soltanto ad essi, ma a tutti i marinaj e soldati che per età o per ferite fossero resi incapaci di più servire. Venne questo posto sotto la immediata protezione del Doge, il quale potea visitarlo qualunque volta piacessegli, ma non doveva poi mancar di andarvi una volta all'anno, vestito in tutta pompa, nelle sue barche dorate, e col suo augusto accompagnamento, affine di dare a questa visita tutto l'aspetto di una festa nazionale. Prima di tutto ne fu scelto il luogo. Questo fu a sant'Antonio di Castello sul canale, dirimpetto al porto del Lido. E veramente non potevasi scegliere posizione più bella e più conveniente; poichè i vascelli che uscivano ed entravano, erano, per così dire costretti a passar dinanzi a questa rispettabile fondazione. Così offrivasi alla vista di tutti i marinaj l'asilo ad essi riserbato dopo tante fatiche e pericoli; così lor presentavasi sul fior dell'età una prospettiva consolante per quando le loro forze si sarebbero esauste; così ciascuno contemplando quell'edificio poteva dir in suo cuore e ripetere a' suoi compagni: "Ecco qual sarà un giorno la nostra dimora; ecco dove ci rivederemo ancora riuniti per parlar dei nostri pericoli e delle glorie della nostra patria."

Il giorno determinato per la visita solenne del nuovo ricovero, fu li 17 gennajo, giorno di sant'Antonio Abate. Per una combinazion singolare, lo stesso Pietro Mocenigo, ch'erasi tanto distinto in quest'ultima guerra co' Turchi, e che aveva avuto tanta parte nel far levare l'assedio di Scutari, fu quello che per la prima. volta, l'anno 1475, celebrò questa festa. Al di lui ritorno in Venezia, il Doge Marcello era di fresco morto. Non vi fu incertezza sull'elezione del successore. Pietro Mocenigo ottenne tutti i voti. Si può ben credere qual concorso di popolo accompagnò questa visita maestosa e veramente commovente! Essa fu rinnovata per molti secoli, e fu sempre riguardata come festa nazionale, in cui anche il popolo prese sempre gran parte con viva commozione.

Ma poichè i nostri padri della patria non hanno più veruna influenza sopra que' bravi veterani, poichè la marina della Repubblica non inalbera più il suo glorioso stendardo sulle suddite onde dell'Adriatico, non solo questa festa, ma l'ospizio stesso de' suoi difensori disparve. Il luogo ch'esso occupava è cangiato oggidì in un oggetto di abbellimento, aggiungendo estensione ai pubblici giardini, che formano ora la delizia di tutti gli abitanti, come pur di tutti quelli che vengono a Venezia. Ma qual compassione di non aver conservato, trasportandoli altrove, que' superbi monumenti, che vi si trovavano, e che la patria riconoscente destinato aveva a' suoi figli prediletti! Fu rovesciato, distrutto, seppellito tutto ciò che soltanto al tempo era lecito di distruggere. Que' marmi eloquenti, destinati a trasmettere ai secoli futuri lo splendore e l'eroismo de' secoli passati, ora non possono più ricevere l'omaggio della nostra venerazione. Non v'ha che le anime fredde e volgari, che possano senza commozione veder annientate memorie sì sacre. Anche la storia c'insegna, che il sentimento svegliato da oggetti consacrati alla memoria degli eroi, non fu straniero a verun popolo. Fu per questo che Caligola atterrò per gelosia le statue poste in Campo di Marte. Sotto un governo giusto non dovrebbe mai ciò accadere, trattandosi di monumenti innalzati all'immortalità de' cittadini, che si distinsero in pro della patria. Qualunque sia la sorte a cui soggiace il loro paese, essi devono ad esso sopravvivere. Noi dunque non cesseremo di affigerci per aver perduto in quest'occasione e il deposito di Antonio Grimani, celebre per un fallo da lui purgato con sì nobile emenda, che valse a ridonarlo alla patria, alla dignità di procuratore, ed a cingerlo poscia di corona ducale; e il monumento del Doge Pietro Lando, che sostenne l'onor della Repubblica in tempi difficilissimi; e quello di un procurator di san Marco, Antonio Diedo, personaggio di alta reputazione; e quello del celebre Vittor Pisani, che meritò di essere proclamato padre e liberator della patria. Di quest'eroe però non tutti affatto perirono i preziosi avanzi. Fortunatamente uno de' suoi discendenti, Pietro Pisani, giunse a tempo di raccoglierli, e li fece trasportare nel suo palazzo a Montagnana, ove vuol innalzare un monumento novello al suo avolo immortale. Colà i buoni Veneziani potranno ancor rammemorare i loro fasti gloriosi, inchinandosi dinanzi le reliquie di un loro cittadino sì illustre.

Non saprei finire questo melanconico quadro delle nostre perdite senza versar pur anche qualche lagrima di dolore sopra il sepolcro, che nel chiostro di san Domenico chiudeva le ossa di quella nostra illustre concittadina Cassandra Fedele, che fu l'ornamento del suo sesso per lo sublime ingegno, per i puri costumi e per la rara bellezza. La sua eloquenza più di una volta rapì nelle pubbliche solennità i primi magistrati dello Stato. La sua vivacità nel cantar versi improvvisi aggiunse letizia ai pubblici ducali conviti; le sue profonde cognizioni nella filosofia, la sua estesa erudizione nel greco e nel latino destarono sorpresa fino a' più severi dottori di Padova. Vari dotti de' più rinomati, come Poliziano, il Sabellico, il Barbaro; varj principi, come Leon X, Luigi XII re di Francia, Ferdinando re di Spagna, mantennero una frequente corrispondenza con lei. Isabella d'Arragona la invitò con grande istanza alla sua corte; un'altra gran donna, qual fu Bona regina di Polonia, nel pomposo ingresso che fece in Venezia nel Bucintoro, si sentì recitar da lei una latina orazione in sua lode, e così fu presa da entusiasmo e piacere, che si slanciò fra le sue braccia, e strappato dal collo il proprio monile, lo ravvolse intorno a quello di Cassandra. Un movimento così spontaneo in una gran principessa era molto più lusinghiero e più atto ad eccitare a magnanime e dotte imprese, che quelle tante decorazioni, che spesso non sono accordate che a cortigianesche protezioni, talora a nojose importunità e qualche volta a ciechi capricci. La nostra Cassandra fu assai sensibile a tutti questi tratti di somma bontà, e non fu senza molto rammarico, che rinunziò alle offerte generose di quest'amabile principessa, che desiderava di condursela seco; ma la nostra filosofessa preferì sempre il suo paese agli onori della corte. Volle bensì accompagnare il marito in Grecia per ammirarvi gli avanzi preziosi delle arti. Di ritorno a Venezia, presiedette ad un ospitale, ed ingannò la natura, che le avea ricusato le dolcezze della maternità, adottando i poveri per suoi figli. In tal modo questa donna incomparabile, alternando le occupazioni del cuore con quelle dello spirito, passò lietamente tutto il suo tempo. Le Parche stesse ne parvero così incantate, che lasciarono intatta per lo spazio d'un intero secolo la trama d'una sì bella vita. Lo stesso istante in cui la lor forbice crudele ne troncò il filo, fu segnato colla pubblica sorpresa; tanto eravi di vigore di spirito e di salute in quel portento della natura. Ma ohimè! che quasi non fosse stato bastante oltraggio alla sua memoria l'aver demolito nel 1590 il magnifico Mausoleo, che l'ammirazione e la gratitudine le avevano eretto, giunse il dì in cui fin anco turbate vennero le tranquille sue ceneri. Oh voi, mie concittadine, donne amabili e sensibili, che un dolce ozio attrae in questo nuovo Eliso, arrestatevi dove scorgete sorger più vaghi i gigli, più vivaci i mirti e gli allori! Lasciate cader una lagrima sopra lo smalto della fresca verdura, e dite a voi stesse: Qui riposa Cassandra Fedele; il suo angelico soffio anima e vivifica questi fiori, queste piante, questi arbusti; talchè colei, che fu in vita l'ornamento del sesso, sa dopo morta ancora abbellir la natura.

Ma poichè siamo colla fantasia in quest'ameno giardino, dove tutto sembra tener del prodigio, arrestiamoci ed osserviamovi le varie sue singolari bellezze. Piantato sopra la punta orientale della città, e circondato da tre lati dalla laguna, egli sembra nascere dal mare, ed è ciò che lo rende assai pittoresco ed unico in Europa. Da qualunque parte tu volga il passo, una magnifica prospettiva ti consola lo sguardo. All'Occidente un singolare bacino, a cui i bellissimi euganei colli fanno corona, ripieno di bastimenti, e cinto dalle grandiose fabbriche della città, dalle isole di san Giorgio e della Giudecca, ti presenta l'immagine di un vastissimo anfiteatro; e le molte barche, che a remo e a vela vi trascorrono in mezzo, danno l'anima a questo quadro. Alla parte d'Ostro, l'orizzonte vien chiuso dai littorali di Malamocco e di Palestrina, che la natura alzò quasi barriere alla nostra città contro la furia dell'Adriatico. E se questi argini dal lato del mare non sono che sterili banchi di sabbia, e spiaggie aride ed infeconde, sorridono però dalla parte interna riguardante Venezia, ch'essi proteggono incurvandosi smaltati d'erbe e di fiori. Verso Greco, le isole di sant'Elena, delle Vignole, ed il Castel di sant'Andrea, fanno di sè superba mostra. Più lontano poi ecco l'imboccatura del porto di Lido, il mare, i navigli che vi veleggiano... Che più? Il complesso di questo spettacolo supera ogni descrizione. Concentriamo ora nel giardino la vista. De' viali piantati da soli pochi autunni, e sopra un suolo di fango e di sabbia marina, s'innalzano ora con una rapidità sorprendente. I parterre ed i boschetti sembrano gareggiar fra loro in bellezza. Vedi quella vaga collinetta? Le sue strade tortuose ed erranti, i suoi gruppi d'alberi, i suoi cespugli, che non dall'arte, ma dalla mano della natura direbbonsi piantati, formano un singolar contrasto col disegno del restante giardino, che l'uso di pubblico passeggio volle regolare ed uniforme. E quell'altra collinetta pure, che quantunque men vasta, si fa nondimeno ammirare per la sua maggior altezza? Chi mai creder potrebbe, che più di un terzo di tutto questo spazio, e più che la metà della prima collina, sia stato non ha guari letto di mare, innalzatosi e tolto al suo dominio per trasformarsi in giardino, e che dove pochissimi anni fa remigavano i pescatori, ora un'immensa quantità di alberi spieghi all'aria le verdeggianti lor chiome? Tutto ciò sembra magico; ma questa magìa è particolarmente opera di un nostro illustre e vigilante concittadino, il quale abbandonata la bussola, lo scandaglio ed il compasso, non isdegnò di por mano agli strumenti rustici per farsi agricoltore e botanico; e dopo di avere col telescopio ammirato la natura nell'immensa varietà de' corpi celesti, volle col microscopio considerarla nelle sue misteriose operazioni degli esseri vegetabili. Omaggio sia reso a Pietro Zorzi, il quale sembra aver acquistato un'arte particolare per la buona riuscita delle piantagioni. E veramente quanto mai è dilettevole il mobile quadro, che questo giardino presenta, principalmente ne' giorni festivi, mercè il concorso di più migliaja di persone d'ogni età e sesso, che a tutte le ore v'intervengono? Quelli pure a' quali l'alto rango o le gravi occupazioni impediscono di godere la migliore di tutte le dolcezze della vita, la società confidenziale e spontanea, si compiacciono di venirvici, e di avvicinarsi un poco più alla natura, mostrandosi, per così dire, a livello degli altri, e meritando per tal modo di attrarre sopra di loro lo sguardo e l'amabile sorriso della soddisfazione, che valgono assai più de' profondi inchini. Infine i buoni Veneziani sono quasi sorpresi, e in qualche modo dolenti, che questo luogo non sia l'opera de' bei tempi della Repubblica: essi però ne approfittano con piacere, e bramano ardentemente, che venga sempre conservata.